LITERATURA BRASILEIRA

Edson Silva Ferreira de Araujo

LITERATURA BRASILEIRA

A Literatura Brasileira em Diálogo
com a História e a Sociedade

Freitas Bastos Editora

Copyright © 2025 by Edson Silva Ferreira de Araujo

Todos os direitos reservados e protegidos pela Lei 9.610, de 19.2.1998. É proibida a reprodução total ou parcial, por quaisquer meios, bem como a produção de apostilas, sem autorização prévia, por escrito, da Editora.

Direitos exclusivos da edição e distribuição em língua portuguesa:

Maria Augusta Delgado Livraria, Distribuidora e Editora

Direção Editorial: *Isaac D. Abulafia*
Gerência Editorial: *Marisol Soto*
Assistente Editorial: *Larissa Guimarães*
Diagramação e Capa: *Deborah Célia Xavier*
Revisão: *Doralice Daiana da Silva*
Copidesque: *Lara Alves dos Santos Ferreira de Souza*

Dados Internacionais de Catalogação na Publicação (CIP) de acordo com ISBD

A658l	Araujo, Edson Silva Ferreira de Literatura Brasileira: A Literatura Brasileira em Diálogo com a História e a Sociedade / Edson Silva Ferreira de Araujo. – Rio de Janeiro, RJ : Freitas Bastos, 2025. 220 p. ; 15,5cm x 23cm. ISBN: 978-65-5675-522-9 1. Literatura – Estudo e ensino. 2. Literatura brasileira. I. Título.	
2025-1452	CDD 808.07 CDU 82.0

Elaborado por Odilio Hilario Moreira Junior - CRB-8/9949

Índice para catálogo sistemático:
1. Literatura – Estudo e ensino 808.07
2. Teoria, estudo e técnica da literatura 82.0

Freitas Bastos Editora
atendimento@freitasbastos.com
www.freitasbastos.com

Edson Silva Ferreira de Araujo

Formado em Letras, Pedagogia, Matemática e Física com especialização nessas áreas. Foi professor convidado da Faculdade de Filosofia, Ciências e Letras de Duque de Caxias, trabalhou em escolas públicas e privadas, cursos de idiomas e preparatórios para concursos públicos e vestibular. Atualmente, é professor na Prefeitura do Rio de Janeiro e na Prefeitura de Queimados.

Sumário

Capítulo 1

ORIGENS E FORMAÇÃO 13

1.1 Quinhentismo: o encontro de culturas e a fundação da literatura brasileira ... 15

    1.1.1 Origens da literatura brasileira: contexto histórico e características principais ... 19

    1.1.2 Escritos informativos e relatos de viagem 22

        1.1.2.1 A Carta de Pero Vaz de Caminha 22

    1.1.3 A contribuição dos jesuítas na disseminação de informações 24

        1.1.3.1 Padre José de Anchieta 25

1.2 Guia de aprendizagem 26

1.3 Literatura na tela 28

Capítulo 2

BARROCO: A ESTÉTICA DA CONTRADIÇÃO E O LIRISMO DAS SOMBRAS 31

2.1 Contexto histórico e traços essenciais da estética barroca 33

2.2 Entre ouro, fé e contraste cultural 37

2.3 Poesia barroca: o esplendor do conflito e a exuberância das metáforas ... 40

    2.3.1 Gregório de Matos 40

    2.3.2 Bento Teixeira 44

2.4 Prosa barroca: a narrativa ornamentada 45

    2.4.1 Padre Antônio Vieira 45

2.5 Guia de aprendizagem 47

2.6 Literatura na tela 49

Capítulo 3

ARCADISMO: NATUREZA IDEALIZADA E A BUSCA PELA SIMPLICIDADE POÉTICA 51

3.1 Arcadismo no Brasil: o renascer da poesia no contexto iluminista e as características da época áurea 53

3.2 Características da estética árcade 55

3.3 Poetas do arcadismo brasileiro 58

    3.3.1 Cláudio Manuel da Costa (1729-1789) 58

    3.3.2 Frei José Santa Rita Durão (1722-1784) 60

    3.3.3 Basílio da Gama 62

    3.3.4 Tomás António Gonzaga (1744-1810) 65

3.4 Guia de aprendizagem 66

3.5 Literatura na tela 67

Capítulo 4

ROMANTISMO: EMOÇÃO, IMAGINAÇÃO E A REVOLUÇÃO DA EXPRESSÃO ARTÍSTICA 69

4.1 Contexto histórico e as marcas da sensibilidade e nacionalidade na literatura 72

4.2 As três fases da poesia romântica 74

    4.2.1 Primeira fase do romantismo – indianismo ou nacionalismo (1836-1852) 79

        4.2.1.1 *Gonçalves Dias* 80

    4.2.2 Segunda fase do romantismo – ultrarromântica (1853-1870) 83

        4.2.2.1 *Álvares de Azevedo* 83

        4.2.2.2 *Casimiro de Abreu* 85

    4.2.3 Terceira fase do romantismo – condoreira 86

        4.2.3.1 *Castro Alves* 86

        4.2.3.2 *Sousândrade* 88

4.3 Prosa romântica: emoção, realismo fantástico e as narrativas do coração 90

4.4 Principais nomes da prosa romântica 92

    4.4.1 José de Alencar 92

    4.4.2 Bernardo Guimarães 93

4.5 Guia de aprendizagem 95

4.6 Literatura na tela 98

Capítulo 5

DA REALIDADE À ESSÊNCIA: TRAJETÓRIA DO REALISMO AO SIMBOLISMO NA LITERATURA — 99

5.1 Realismo no Brasil: retratos sociais, crítica e a busca pela verossimilhança — 102

   5.1.1 Situação histórica e características — 104

   5.1.2 A prosa realista — 106

      5.1.2.1 Machado de Assis — *108*

      5.1.2.2 Raul Pompeia (1863-1895) — *109*

5.2 Naturalismo no Brasil: a crueza da realidade e a força determinista da natureza humana — 111

   5.2.1 Situação histórica, características e principais autores — 112

      5.2.1.1 Aluísio de Azevedo — *116*

      5.2.1.2 Inglês de Sousa — *120*

      5.2.1.3 Adolfo Caminha — *124*

5.3 Parnasianismo no Brasil: rigor formal, beleza estética e a busca pela arte impassível — 127

   5.3.1 Alberto de Oliveira — 128

   5.3.2 Olavo Bilac — 129

5.4 Simbolismo no Brasil: a poesia dos mistérios e as revelações do inconsciente — 130

   5.4.1 Cruz e Sousa — 131

   5.4.2 Alphonsus de Guimaraens — 134

5.5 Guia de aprendizagem — 136

5.6 Literatura na tela — 138

Capítulo 6

PRÉ-MODERNISMO AO MODERNISMO: TRANSIÇÃO, CONFLITO E VANGUARDA NA LITERATURA BRASILEIRA — 139

6.1 Poesia pré-modernista — 142

   6.1.1 Augusto dos Anjos — 142

   6.1.2 Prosa pré-modernista — 144

      6.1.2.1 Graça Aranha — *144*

      6.1.2.2 Lima Barreto — *146*

LITERATURA BRASILEIRA

6.1.2.3 *Euclides da Cunha* 148

6.1.2.4 *Monteiro Lobato* 150

6.2 O modernismo rompendo paradigmas, reconstruindo a arte 152

6.2.1 Situação histórica e características principais 153

6.2.2 Semana de Arte Moderna: a semana que revolucionou a arte 154

6.3 Fases do modernismo 155

6.3.1 Primeira fase modernista: poesia e prosa 158

6.3.1.1 *Mário de Andrade* 159

6.3.1.2 *Oswald de Andrade* 160

6.3.1.3 *Manuel Bandeira* 162

6.3.2 Segunda fase modernista: poesia 163

6.3.2.1 *Cecília Meireles* 164

6.3.2.2 *Murilo Mendes* 165

6.3.2.3 *Vinicius de Moraes* 167

6.3.2.4 *Carlos Drummond de Andrade* 169

6.3.3 Segunda fase modernista: prosa 170

6.3.3.1 *José Américo de Almeida* 171

6.3.3.2 *Graciliano Ramos* 172

6.3.3.3 *Jorge Amado* 174

6.3.3.4 *José Lins do Rego* 176

6.3.3.5 *Rachel de Queiroz* 178

6.4 Guia de Aprendizagem 179

6.5 Além do conhecimento 180

Capítulo 7

VOZES CONTEMPORÂNEAS: TENDÊNCIAS E REFLEXÕES NA LITERATURA ATUAL **181**

7.1 Narrativas fragmentadas: o pós-modernismo na literatura brasileira 182

7.1.1 Guimarães Rosa 184

7.1.2 Clarice Lispector 186

7.2 Vozes marginais: representatividade e resistência na literatura brasileira atual 188

Sumário

7.3 Explorando fronteiras: transculturalidade e híbridas formas literárias no Brasil 190

   7.3.1 A literatura digital: novas tecnologias e narrativas interativas 191

   7.3.2 Desconstruindo limites: gênero, sexualidade e identidade na literatura brasileira contemporânea 194

      7.3.2.1 R. B. Mutty *195*

      7.3.2.2 Tiago Castro *196*

7.4 Questões sociais urgentes: engajamento e consciência na literatura brasileira atual 198

7.5 Guia de aprendizagem 199

7.6 Guia de leitura 201

CONCLUSÃO **203**

GABARITO: GUIA DE APRENDIZAGEM **205**

REFERÊNCIAS – TEXTUAIS **211**

REFERÊNCIAS – FIGURAS **218**

REFERÊNCIAS – FILMES **220**

Capítulo 1

ORIGENS E FORMAÇÃO

Figura 1.1 - O processo de dominação do espaço colonial pode ser discutido de outras maneiras

Sousa, R. O processo de dominação do espaço colonial pode ser discutido de outras maneiras. *In*: Brasil Escola. Disponível em: https://educador.brasilescola.uol.com.br/estrategias-ensino/os-portugueses-dominacao-territorio-brasileiro.htm#:~:text=O%20processo%20de%20domina%C3%A7%C3%A3o%20do,com%20rela%C3%A7%C3%A3o%20a%20determinados%20temas. Acesso em: 15 jul. 2023.

Neste capítulo, abordaremos o que pedagogicamente se considera o início da escrita literária no Brasil: o quinhentismo. Em primeiro lugar, esse foi o marco do início da produção literária no país, com as primeiras obras escritas no contexto da colonização portuguesa. Essas obras abriram novos horizontes literários e deram voz a escritores que queriam expressar as realidades brasileiras. Por conseguinte, o século XVI desempenhou um papel importante no lançamento das bases da identidade cultural do Brasil na literatura. Em crônicas, cartas e relatos de viagem escritos na época, os autores descreveram o país, seus costumes e os povos indígenas e contribuíram para o desenvolvimento de uma visão concreta do Brasil. Essas obras revelaram a diversidade natural e humana do Brasil, moldando as percepções dos portugueses e de futuros escritores sobre essa nova nação.

Objetivos deste capítulo:

- Analisar as obras e as condições históricas e culturais da época.
- Explorar os temas como colonização, evangelização e relações com os indígenas.
- Verificar a importância da *Carta de achamento do Brasil*, de Pero Vaz de Caminha, e dos relatos de viagem e os escritos do Padre José de Anchieta.
- Refletir sobre a visão eurocêntrica dos colonizadores sobre a nova terra.

Reflexão: observando a imagem no início do capítulo que retrata a chegada dos portugueses à Nova Terra, o que você imagina sobre o ponto de vista de ambos os povos: portugueses e indígenas?

1.1 Quinhentismo: o encontro de culturas e a fundação da literatura brasileira

Desde o ensino médio, quando estudamos literatura, sabemos que o quinhentismo apresenta o encontro de culturas e os fundamentos da literatura brasileira. A chegada dos portugueses, no século XVI, ao que hoje é o Brasil, desencadeou intensas trocas entre europeus e indígenas. Esse pano de fundo histórico e cultural foi a base para o surgimento dos primeiros registros literários neste país.

Os escritos do século XVI estão imbuídos da visão dos colonos que exploraram a generosidade da natureza, descreveram traços indígenas e relataram suas primeiras impressões de suas terras recém-descobertas. Essas obras apresentam uma perspectiva eurocêntrica e muitas vezes idealizada destinada a glorificar a conquista e a colonização.

Pero Vaz de Caminha é um dos maiores escritores desse período e é o responsável pela famosa *Carta de achamento do Brasil*. Nesse documento, detalha os seus primeiros contatos com a terra, a flora e a fauna e os povos indígenas, bem como as suas impressões dos navegadores portugueses face a essa nova realidade.

Além dos relatos de viagem, o quinhentismo também apresenta expressões literárias de cunho religioso, como os escritos do Padre José de Anchieta. Suas obras, assim como suas poesias e escritos, tinham como objetivo evangelizar e difundir a fé cristã entre os povos indígenas, bem como documentar seus aspectos culturais e linguísticos.

Esse encontro cultural, retratado no quinhentismo, marcou profundamente a literatura brasileira. Por meio desses primeiros escritos, pode-se compreender as raízes históricas e culturais do país e as tensões e contradições que surgiram durante esse processo de colonização. O quinhentismo representa o ponto de partida para o surgimento de uma literatura nacional que se desenvolverá ainda mais e adquirirá novas características nos séculos seguintes.

Até hoje autores da literatura brasileira fazem alusão a esse momento histórico. Leia o excerto abaixo:

> O Brasil foi descoberto porque os bons e velhos cavalheiros endinheirados de Portugal sentiam uma falta enorme de especiarias fortes para temperar seus pratos. O problema era achar um atalho para a Índia, a terra das especiarias. No limiar do século XVI, o rei de Portugal enviou uma frota aquele país fabuloso; mas tendo sido extraviados pela sua própria fantasia, ou correntes muitíssimas traiçoeiras [...] os portugueses descobriram, para sua enorme surpresa, uma terra que não estava em seus mapas, os quais, a propósito, eram os mais perfeitos da época. O almirante decidiu enviar alguns homens à terra. Foram acolhidos pelos nativos, um bando de sujeitos cor de cobre, de malares salientes, olhos rasgados e faces impenetráveis, que receberam sem muito estardalhaço as contas multicoloridas que aqueles engraçados sujeitos brancos de longos bigodes e roupas esquisitas lhes davam um sinal de amizade. Aqueles índios de caras tristonhas levavam uma vida muito primitiva. Não conheciam os metais, e seus instrumentos e armas eram feitos de pedra polida ou madeira, sendo sua condição mais ou menos como a dos homens pré-históricos. Os portugueses plantaram uma grande cruz de madeira perto do lugar onde haviam aportado, celebraram missa e o escrivão da frota enviou carta a seu rei, descrevendo as maravilhas e belezas naturais da terra e as peculiaridades de seus habitantes. Depois, a esquadra

ORIGENS E FORMAÇÃO

> deixou a terra desconhecida, rumo às Índias, e a tripulação inteira, do cozinheiro ao almirante, convenceu-se de que era só uma ilhazinha sem importância. Cerca de um ano mais tarde, Américo Vespúcio, um aventureiro cheio de ousadia e imaginação, explorou a costa do Brasil e descobriu que não era uma ilha, mas um país muito vasto – um verdadeiro continente. Mesmo assim, Portugal não se abalou com as notícias. Sim, podia ser um território enorme, mas não tinha ouro, prata ou especiarias. Por que perder tempo com um elefante branco desses? O verdadeiro negócio eram as Índias; o Brasil, apenas um sonho. Tinhas belas árvores e pássaros coloridos. Mas de que adiantava comerciar papagaios e plantas exóticas quando se pode fazer muito dinheiro comprando pedras preciosas, ouro e pérolas na Índia, para trocá-las na Inglaterra por produtos manufaturados? (Veríssimo, 1997, p. 18).

Caro estudante, veja que, mesmo longa e cheia de humor e ironia, essa citação, nas palavras do crítico e autor Érico Veríssimo, marca o início do processo de colonização do nosso país: a expansão de Portugal no exterior, por acaso chegou de forma indireta, nunca antes navegou para o efeito de estender o mercantilismo europeu? A chegada dos portugueses trouxe consigo o deslumbramento com a rica fauna e flora, a complexa relação com os povos indígenas, a imposição do cristianismo e, ao mesmo tempo, uma atitude de desprezo inicial em relação às riquezas naturais e um certo distanciamento cultural.

Historicamente falando, o século XVI encontra o Brasil intensamente explorado pelos colonos portugueses. A principal atividade econômica era a extração do pau-brasil, madeira valorizada na Europa, o que propiciou o estabelecimento de feitorias e o surgimento de intenso comércio na região. Período fortemente marcado pelo encontro das culturas europeia e de povos indígenas de diferentes etnias e estilos de vida. Povos estes que entraram em contato com os portugueses, criando laços, alianças e conflitos.

Esse encontro cultural teve grande influência na formação da sociedade brasileira, influenciando aspectos como língua, religião e costumes. Foi um processo complexo e profundo, que teve um impacto significativo na formação da sociedade brasileira.

Desse contato resultou uma série de trocas, conflitos e mudanças que deixaram marcas duradouras em vários aspectos como língua, religião e costumes. No plano linguístico, o encontro entre os povos indígenas e os portugueses resultou em muitas influências mútuas. Embora os portugueses tenham trazido sua língua, o português, como idioma oficial do Brasil, termos e expressões indígenas também foram incorporados ao vocabulário brasileiro. Palavras como "tapioca", "caju" e muitas outras são exemplos de influências da língua indígena. Outro aspecto fortemente influenciado pelos encontros culturais é a religião.

Os povos indígenas tinham crenças e práticas religiosas próprias, mas foram confrontados com a chegada de missionários europeus, principalmente os jesuítas. Eles buscavam converter os povos indígenas ao cristianismo, levando à formação de comunidades cristãs e à fusão de elementos da religião indígena com rituais e ensinamentos católicos.

Essa mistura deu origem a formas mistas de religião, incluindo o catolicismo popular brasileiro e práticas religiosas afro-brasileiras, como o candomblé e a umbanda. Costumes e tradições indígenas também foram influenciados e modificados pelo contato com a cultura europeia. Formas indígenas como organização social, alimentação, técnicas agrícolas, arte e música foram influenciadas e adotadas por elementos trazidos pelos portugueses. Por outro lado, os portugueses também incorporaram aspectos da cultura indígena, como o conhecimento da flora e fauna locais, as técnicas de pesca e caça e o uso de certas plantas para fins medicinais.

Vale ressaltar que esse encontro cultural nem sempre foi pacífico, tendo resultado em disputas entre os povos indígenas e os colonos portugueses, principalmente pela posse da terra e exploração dos recursos naturais. No entanto, com o tempo as culturas se fundiram e formaram uma identidade brasileira **única** com traços indígenas, europeus e africanos.

Se aprofundarmos a questão literária, deixamos claro que esse período tem duas manifestações, divididas em documentos informativos sobre a nova terra e seus habitantes, e documentos doutrinários de cunho literário. Seu objetivo era reforçar o cristianismo e catequizar índios e colonos.

1.1.1 Origens da literatura brasileira: contexto histórico e características principais

Ao analisarmos textos literários, uma das formas que a teoria da literatura nos entrega como marca de textualidade é a temporalidade. A época em que o texto foi escrito traz marcas políticas, ideológicas, inclusive de organização de escrita vocabular e gramatical. Para se analisar o texto de um autor específico, há de se considerar vários fatores; alguns teóricos partem até mesmo para uma abordagem mais psicológica. No entanto, não podemos nos furtar de saber que esse tipo de análise pode ser falho, pois estaríamos tentando adentrar à mente do autor.

Cabe, então, nos atermos a outras formas de analisar um texto literário: por meio do contexto histórico em que ele foi escrito e as características da escola literária em que ele foi concebido. Precisamos entender ambos os fatores, pois nos darão uma visão mais próxima do equilíbrio analítico. Entretanto, caro estudante, não queremos dizer que essa é a melhor forma de se analisar um texto literário, mas neste subtópico trataremos de munir você de alguns parâmetros essenciais para compreender o contexto histórico do quinhentismo e as características predominantes neste texto.

O contexto histórico do quinhentismo está diretamente relacionado à chegada dos portugueses sob o comando de Pedro Álvares Cabral ao território brasileiro no início do século XVI. Naquela época, a intenção de Portugal era expandir seu território, além de estabelecer rotas comerciais com o Oriente. Nesse sentido, a expedição comandada por Cabral objetivava inicialmente chegar à Índia para fechar acordos comerciais para obtenção de valiosas especiarias.

No entanto, o que se conta historicamente é que, devido a fatores desconhecidos e problemas de navegação, a frota portuguesa acabou chegando à costa brasileira. A "descoberta" do Brasil – melhor dito, achamento da terra – pelos portugueses desencadeou um processo de exploração e colonização.

A descoberta do pau-brasil, uma madeira valiosa, despertou o interesse de colonos que começaram a explorar o recurso e estabeleceram entrepostos comerciais na região. No século XVI, a colonização portuguesa enfrentou diversos desafios, entre eles a resistência indígena, as dificuldades logísticas e a necessidade de garantir a ocupação efetiva do território.

O domínio colonial baseava-se na capitania hereditária, uma concessão dada pela coroa portuguesa à nobreza no que diz respeito à exploração e povoamento da terra. No âmbito religioso, a colonização dos portugueses trouxe a atividade missionária, principalmente dos jesuítas, para converter os indígenas ao cristianismo. A catequização e a implantação de assentamentos foram estratégias para integrar os povos indígenas à cultura europeia e estabelecer uma presença religiosa.

A trajetória histórica do quinhentismo é, portanto, marcada pela exploração, colonização e evangelização, além do contato entre europeus e indígenas. Esse encontro cultural e os desafios enfrentados pelos colonos inspiraram obras literárias da época que refletiam a visão dos colonos sobre a nova terra e os povos nativos.

Massaud Moisés, renomado crítico literário brasileiro, em seu livro *A literatura brasileira através dos textos*, aborda o quinhentismo como o período literário que marca o início da produção literária no Brasil, durante o século XVI, principalmente por meio das cartas, crônicas e relatos de viajantes e cronistas.

Nos textos quinhentistas, encontramos as seguintes características:

1. **Relatos descritivos:** muitos documentos do século XVI são descritivos, com autores detalhando as áreas, flora, fauna e povos indígenas encontrados. O objetivo desses relatórios é fornecer uma visão realista e detalhada do mundo recém-descoberto.

2. **Visão eurocêntrica:** uma visão eurocêntrica permeia documentos do século XVI, nos quais os colonos europeus são vistos como superiores e portadores da civilização. Esse ponto de vista fica evidente nos relatos que enaltecem as conquistas, colonizações e façanhas dos navegadores portugueses.

3. **Objetivo informativo e edificante:** os escritos do século XVI tinham um objetivo instrutivo, destinado a relatar as descobertas e conquistas portuguesas no Brasil. Além disso, muitas das letras tinham um caráter edificante, buscando celebrar a riqueza da natureza e a oportunidade de explorar novas terras.

4. **Temas religiosos:** a religião desempenha um papel importante nos escritos do século XVI, especialmente na obra dos missionários jesuítas. Os escritos tratam da evangelização dos povos indígenas e da difusão da fé cristã, e refletem o objetivo de converter os povos indígenas ao catolicismo.

5. **Mistura de gêneros literários:** o quinhentismo do Brasil mistura diferentes gêneros literários, como relatos de viagem, crônicas, poesias e cartas. Essa diversidade de gêneros permite diversas abordagens aos temas e estilos da época.

1.1.2 Escritos informativos e relatos de viagem

Esses escritos são informações coletadas sobre a natureza e o povo do Brasil por viajantes e missionários. Por serem informativos, não se enquadram na categoria literária, mas ajudam a compreender a visão de mundo e a linguagem de quem primeiro observou o Brasil, para depois servirem de temas e sugestões formais. Isso é evidente nas eras romântica e moderna, quando os artistas brasileiros ao longo dos séculos se rebelaram contra o processo de europeização, abraçando raízes nacionais e indígenas (ou seja, quinhentismo). Esses textos, portanto, devem ser argumentados em conexão com o colonialismo para que signifique que você explorou esses temas em uma imagem que não se opõe a ele.

1.1.2.1 *A Carta de Pero Vaz de Caminha*

Não podemos nos abster de falar sobre o documento de nascimento do Brasil. Considerado assim devido à extrema importância que se tem, a carta ao rei D. Manuel I, escrita em forma de diário de bordo, é datada de "Ilha de Vera Cruz, hoje, sexta-feira, 1 de maio de 1500" (Moisés, 2001, p. 29) e descreve a descoberta e as primeiras impressões do novo país e da natureza.

> Essa terra, Senhor, me parece que da ponta eu mais contra o sul vimos até outra ponta que contra o norte vem, de que nós deste porto houvemos vista, será tamanha que haverá nela bem vinte ou vinte e cinco léguas por costa. Tem, ao longo do mar, nalgumas partes, grandes barreiras, delas vermelhas, delas brancas; e a terra por cima toda chã e muito cheia de grandes arvoredos. De ponta a ponta, é tudo praia-palma, muito chã e muito formosa. Pelo sertão

nos pareceu, vista do mar, muito grande, porque, a estender olhos, não podíamos ver senão terra com arvoredos, que nos parecia muito longa (Caminha, 1971, p. 16).

Analisando o texto extraído da *Carta de Pero Vaz de Caminha*, também conhecida como *Carta do achamento do Brasil*, percebemos se tratar de um documento histórico de grande importância para o estudo do descobrimento e período colonial do Brasil. Ao ler essa carta, podem ser feitas várias abordagens e análises, tais como o contexto histórico, o descobrimento e descrição do território, a visão eurocêntrica e alteridade, a religiosidade e missão catequizadora e alguns aspectos de linguagem e estilo.

Dada a época da descoberta dos interesses brasileiros e portugueses na expansão e colonização marítima, essa carta necessita de ser analisada no seu contexto histórico. É importante compreender as motivações e expectativas dos exploradores portugueses durante esse período. Esse documento contém informações detalhadas sobre as primeiras impressões dos portugueses sobre o país descoberto, sua natureza, flora e fauna, recursos naturais e potencial econômico, além de ser possível se analisar a descrição geográfica e etnográfica de Caminha, bem como os encontros com os povos indígenas.

É interessante observar as visões eurocêntricas contidas nesta carta. A carta descreve os povos indígenas não apenas como "bons" e "nus", mas também como pessoas de inocência em suas atitudes e forma de viver, apesar de mostrar perplexidade: "Andam nus, sem nenhuma cobertura. Nem estimam de cobrir ou de mostrar suas vergonhas; e nisso têm tanta inocência como em mostrar o rosto" (Caminha, 1971, p. 16). Essa análise pode abordar as representações culturais, sociais e religiosas dos povos indígenas a partir de uma perspectiva europeia e as implicações dessas perspectivas em diferentes seres. A religião tem papel central nessa carta, e Caminha relata a primeira missa no Brasil.

Ao enfatizarmos o pano de fundo histórico da expansão do catolicismo naquela época, podemos considerar o pensamento religioso e as intenções do autor ao transmitir a fé cristã aos povos indígenas. A análise também pode se concentrar na linguagem e no estilo das cartas, considerando os recursos formais, retóricos e expressivos utilizados por Caminha. O exame dos documentos e recursos literários contidos na carta fornece uma visão sobre a composição do texto e a intenção do autor. Deve-se notar que, enquanto a natureza era vista como um paraíso na terra, interesses de pesquisa e negócios também surgiram para além dessa visão do Jardim do Éden.

1.1.3 A contribuição dos jesuítas na disseminação de informações

> [...] uma planta se dá também nesta Província, que foi da ilha de São Tomé, com a fruita da qual se ajudam muitas pessoas a sustentar na terra. Esta planta é mui tenra e não muito alta, não tem ramos senão umas folhas que serão seis ou sete palmos de comprido. A fruita dela se chama banana. Parecem-se na feição com pepinos e criam-se cachos [...].Esta fruita é mui sabrosa, e das boas, que há na terra: tem uma pele como de figo (ainda que mais dura) a qual lhe lançam fora quando a querem comer: mas faz dano à saúde e causa fevre a quem se desmanda nela (Gândavo *apud* Bosi, 2006, p. 16-17) .

Caro estudante, os relatos de viagem encontrados em cartas ou diários de bordo, como mencionado no tópico 1.1.1, fazem parte de relatos descritivos, e isto inclui não somente Pero Vaz de Caminha, como também Pero de Magalhães Gândavo, que foi um cronista português conhecido pelo tratado *História da Província Santa Cruz a que vulgarmente chamamos Brasil*. Sua obra foi publicada em 1576, descrevendo a fauna, flora, povos indígenas e aspectos geográficos do Brasil colonial. Gândavo apresenta uma visão positiva sobre a terra brasileira, destacando suas riquezas e potencial econômico para a colonização portuguesa. No grifo anterior, começamos este subcapítulo com a descrição desse autor a respeito de uma fruta tropical, para que compreendamos a importância desses relatos para a reconstituição histórica do Brasil.

Mas ainda nesse contexto, estimado aluno, há outro tipo de texto muito comum do Brasil pré-colonial. No subcapítulo anterior, falamos de temas religiosos. Destacamos uma seção especial para esse tópico, pois é de extrema relevância. Os primeiros jesuítas chegaram a terras brasileiras por volta de 1549. Junto a Tomé de Souza, primeiro governador do Rio de Janeiro, Bahia e Pará, eles fundaram universidades de ensino de filosofia, teologia e humanidades para preparar os missionários para a Ordem. O estudo da retórica, gramática e erudição veio dos jesuítas.

1.1.3.1 *Padre José de Anchieta*

De acordo com Ruckstadter (2006), para servir ao propósito de analisar a estrutura histórica de José de Anchieta, é importante discutir primeiramente o texto biográfico. Ao analisarmos Bosi (2006) percebemos que há duas maneiras de olharmos Padre Anchieta. Uma delas, o escriba que descreveu sua bem-sucedida e movimentada vida de apóstolo e mestre, aparece na obra *Cartas, informações, fragmentos históricos e sermões*, publicada pela Academia Brasileira de Letras em 1933. Mas é o poeta e dramaturgo Anchieta que interessa às figuras literárias coloniais, pois sua tarefa missionária é mesclada à catequese e ao ensino religioso. Ainda assim, esses ensinamentos religiosos não diminuíram seu valor estético.

Caro aluno, para verificarmos o que se propõe no parágrafo anterior, analisemos o poema *Em Deus, meu criador*, em que se traduz a visão de mundo de Padre José de Anchieta ainda medieval e arredia aos bens terrenos:

Não há coisa segura.
Tudo quanto se vê se vai passando.
A vida não tem dura.
O bem se vai gastando.
Toda criatura passa voando.

(Anchieta *apud* Bosi, 2006, p. 20).

Muitos dos poemas de catequese e educativos de Anchieta foram traduzidos para a cena teatral, principalmente por seus problemas práticos e seu talento dramático.

1.2 Guia de aprendizagem

1) Os jesuítas tiveram grande importância na literatura quinhentista, e seus textos são estudados como fonte histórica do período de catequese dos indígenas da terra encontrada. Sobre a literatura jesuítica brasileira do século XVI, qual das seguintes afirmações é falsa?

a) Era uma coleção de textos escritos por colonos que tinham conteúdo religioso.

b) Os principais temas considerados eram de natureza mundana e religiosa.

c) O texto foi descritivo, informativo e escrito em linguagem simples.

d) Tem seus registros por intermédio dos jesuítas, com ênfase a José de Anchieta.

e) Por seu caráter religioso, também foi chamada de Literatura de Catecismo.

2) *"Mostraram-lhes um papagaio pardo que o Capitão traz consigo; tomaram-no logo na mão e acenaram para a terra, como se os houvesse ali.Mostraram-lhes um carneiro; não fizeram caso dele.*

Mostraram-lhes uma galinha; quase tiveram medo dela, e não lhe queriam pôr a mão. Depois lhe pegaram, mas como espantados.

Deram-lhes ali de comer: pão e peixe cozido, confeitos, fartéis, mel, figos passados. Não quiseram comer daquilo quase nada; e se provavam alguma coisa, logo a lançavam fora.

Trouxeram-lhes vinho em uma taça; mal lhe puseram a boca; não gostaram dele nada, nem quiseram mais.

Trouxeram-lhes água em uma albarrada, provaram cada um o seu bochecho, mas não beberam; apenas lavaram as bocas e lançaram-na fora. Viu um deles umas contas de rosário, brancas; fez sinal que lhas dessem, e folgou muito com elas, e lançou-as ao pescoço; e depois tirou-as e meteu-as em volta do braço, e acenava para a terra e novamente para as contas e para o colar do Capitão, como se dariam ouro por aquilo" (Carta de Pero Vaz de Caminha, 1500).

Qual das seguintes afirmações é verdadeira sobre o primeiro documento escrito no Brasil, uma carta de Pero Vaz de Caminha?

a) Escrito por Pedro Álvares Cabral quando os conquistadores chegaram ao Brasil.
b) O objetivo era descrever os novos lugares descobertos pelos portugueses.
c) O foral foi escrito em poesia e entregue ao rei D. Manuel de Portugal.
d) O oficial de incidente explicou objetivamente o cenário da cena.
e) Foi o oficial espanhol Perro Vaz de Caminha quem redigiu o foral.

1.3 Literatura na tela

Caro estudante, aqui relacionamos alguns filmes que tratam da presença dos jesuítas no Brasil do século XVI.

O pagador de promessas (1962) – embora não seja especificamente sobre os jesuítas, esse filme brasileiro conta a história da Igreja Católica, representada pelos fiéis e pelos padres jesuítas após o protagonista cumprir sua promessa religiosa.

O pagador de promessas (1962) Direção: Anselmo Duarte País: Brasil. Distribuição: MGM.

O guarani (1996) – baseado no romance de José de Alencar, o filme conta a história de amor de uma jovem indígena e um aristocrata português, ambientada no Brasil colonial e dedicada à evangelização dos indígenas.

O guarani (1996). Direção: Norma Bengell. País: Brasil Distribuição: Riofilme.

Como era gostoso o meu francês (1971) – esse filme brasileiro é ambientado na colonização francesa do Brasil no século XVI. Não se trata dos jesuítas, mas mostra a presença dos padres jesuítas e as relações de poder entre colonos e indígenas.

Como era gostoso o meu francês (1971). Direção: Nelson Pereira dos Santos. País: Brasil. Distribuição: Embrafilme.

Capítulo 2

BARROCO
A ESTÉTICA DA CONTRADIÇÃO
E O LIRISMO DAS SOMBRAS

Ao percorrermos nossos estudos históricos, logo após o estabelecimento da colônia portuguesa em terras na América, percebemos que o Brasil começou a funcionar em alguns aspectos. Os portugueses já se instalaram, e o Brasil começa a tomar forma de assentamento. Com isso, nós queremos lhe mostrar que no princípio, quando chegaram a estas terras, a intenção não era ficar, mas apenas explorar ao máximo. No entanto, aqui os colonos se instalaram, porém não se consideravam "brasileiros", mas sim portugueses nascidos nas terras da colônia.

Mesmo assim, muitos desses colonos mais abastados mandavam seus filhos, ainda jovens adultos, para estudar na corte. O que isso implica? As ideias predominantes na Europa vinham na bagagem dos filhos mandados para lá. Imaginem uma época sem *internet* e em que a melhor forma de comunicação são os jornais e as cartas. As ideias demoram para chegar aqui tão remota a colônia.

Objetivos deste capítulo:

- Compreender a complexidade estilística do barroco.
- Observar a influência do contexto histórico na produção artística.
- Reconhecer autores barrocos brasileiros que influenciaram na produção literária.

Caro aluno, vamos lhe propor um exercício. O Brasil é laico – isto é: a religião não deve interferir na política. Entretanto, é um país plurirreligioso. Pense na religião a que você foi apresentado e conheceu na sua tenra infância – se aconteceu isso. Agora, mais adulto, você pensou em conhecer outra religião, com dogmas totalmente opostos àquilo que lhe fora ensinado. Em alguns momentos pode haver conflitos posicionais? Por que você acha isso? Observe a pintura de Caravaggio denominada *Davi com a cabeça de Golias*:

Figura 2.1 - Davi com a cabeça de Golias

Caravaggio. Davi com a cabeça de Golias. 1609-1610. *In*: Pascholati, A. Disponível em: https://artrianon.com/2020/07/07/obra-de-arte-da-semana-o-autorretrato-de-caravaggio-em-davi-com-a-cabeca-de-golias/. Acesso em: 17 jul. 2023.

Qual percepção você tem da pintura? E o jogo de luzes, como faz você se sentir?

Observe o realismo dramático que busca evocar emoções intensas no espectador utilizando o contraste de luz e sombra a fim de destacar certos elementos da composição. Além disso, veja a captura de gestos expressivos e poses dramáticas se esforçando para retratar elementos como tecidos, metais, peles e objetos com grande precisão, usando pinceladas refinadas e minuciosas com profundidade e perspectiva no uso intenso de cores.

A partir dessa análise, começaremos a estudar o barroco como uma escola artística e literária de dualidade no momento em que a fé católica se vê tentando remodelar-se para resgatar os fiéis perdidos para a Reforma Protestante.

2.1 Contexto histórico e traços essenciais da estética barroca

No século XVI, a Europa foi atormentada por violentos conflitos religiosos. A Reforma Protestante, iniciada por Martinho Lutero em 1517, desafiou a autoridade da Igreja Católica Romana e levou, anos mais tarde, à formação de várias denominações protestantes. Em resposta inicial, a Igreja Católica lançou a Contrarreforma, um movimento para restaurar a autoridade e reconquistar os seguidores perdidos.

Figura 2.2: Martinho Lutero

Cranach. L. *Martinho Lutero*. 1529. *In*: Bezerra J. Toda Matéria. Acesso em 17 jul. 2023.

Como pudemos observar na introdução deste capítulo, a arte barroca desempenhou um papel importante na promoção dos ideais católicos e na expressão emocional da fé. Durante o período barroco, muitas monarquias na Europa se fortaleceram, e foram introduzidos governos absolutistas que concentraram o poder político, econômico e cultural nas mãos do monarca. Governantes absolutos como Luís XIV da França promoveram a promoção da arte e usaram a arte barroca para justificar e glorificar seu governo.

Figura 2.3 - Guerra Civil Inglesa

Anônimo. *Guerra Civil Inglesa*. *In*: History Maps. Disponível em: https://history-maps.com/pt/story/English-Civil-War. Acesso em: 17 jul. 2023.

O período barroco coincidiu com a chamada Era dos Descobrimentos, quando potências europeias como Portugal, Espanha, Inglaterra e Holanda empreenderam extensas explorações marítimas e estabeleceram colônias em várias partes do mundo. Esses eventos trouxeram novas influências culturais e materiais para a Europa, enriquecendo a imaginação e a estética do barroco. Além disso, a Europa do século XVII foi marcada por conflitos políticos e guerras devastadoras, como a Guerra dos Trinta Anos (1618-1648) e a Guerra Civil Inglesa (1642-1651). Esses conflitos criaram um clima de instabilidade política, agitação e sofrimento que influenciaram a arte barroca em sua expressão dramática e emocional.

No entanto, não podemos nos abster de mencionar que o período barroco trouxe importantes avanços científicos e filosóficos, com nomes como Galileu Galilei, Isaac Newton e René Descartes revolucionando o conhecimento nas áreas de astronomia, física e filosofia. Essas mudanças no pensamento e na compreensão do mundo também influenciaram a arte barroca, especialmente no estudo da luz e da perspectiva.

A estética barroca é caracterizada por uma série de características-chave que definem esse movimento artístico e cultural. Originário da Europa nos séculos XVI e XVII, o estilo barroco é caracterizado por sua grandeza, drama e vibração tendo como uma das suas marcas o realismo dramático. A pintura e a escultura barrocas retratavam cenas com intensidade emocional e representação exagerada de personagens que ganham vida com detalhes meticulosos e poses dramáticas que provocaram uma resposta emocional do espectador.

Outro elemento fundamental do barroco é o uso da dualidade *chiaroscuro* – uma técnica de pintura instituída no período renascentista do século XV. Os artistas barrocos exploraram o forte contraste entre áreas iluminadas e sombreadas, criando um jogo de luz e sombra com a intenção de aumentar o drama da obra. Essa técnica adiciona profundidade à composição, enfatiza elementos-chave e envolve o espectador nesse jogo de luzes com contraste às sombras.

Figura 2.4 - A última ceia

Tintoretto. *A última ceia*, 1592-94, óleo sobre tela, 365 x 568 cm. Igreja S. Giorgio Maggiore, Veneza – Itália. Disponível em: http://www.casthalia.com.br/a_mansao/obras/tintoretto_ceia.htm. Acesso em: 18 jul. 2023. – Observe como há uma dualidade nas escolhas de claridade em contraste à escuridão no quadro. As sombras são contrapostas à luz a fim de tornar a experiência do expectador mais dramática.

A estética barroca também se caracteriza pela dinâmica e pelo movimento. As obras de arte barrocas retratam figuras em movimento, capturando gestos expressivos e poses teatrais. Utilizando as linhas e composições em diagonais para criar uma sensação de movimento e energia no trabalho se fazendo valer da riqueza de detalhes e texturas como vistas na obra de Caravaggio apresentada anteriormente na obra Davi com a cabeça de Golias.

Temas religiosos e alegóricos também tiveram um papel central na estética barroca que foi frequentemente usada como meio de promover a Contrarreforma e afirmar os ideais católicos. As pinturas e esculturas retratam cenas bíblicas, santos e mártires e transmitem poderosas mensagens religiosas. Além disso, alegorias visuais representando conceitos abstratos como virtude, pecado, morte e redenção eram comuns.

2.2 Entre ouro, fé e contraste cultural

No século XVII, a corrida pelo ouro desempenhou um papel importante no contexto histórico e econômico do Brasil que ficou conhecido como Ciclo do Ouro, época de intensa exploração mineral que moldou a sociedade e influenciou a história do país. As primeiras jazidas de ouro no Brasil foram achadas no final do século XVII no atual estado de Minas Gerais. Com o início da corrida do ouro, milhares de pessoas de diversas partes do país e até do mundo foram atraídas em busca de riquezas.

Caro estudante, precisamos entender certos aspectos da literatura barroca no Brasil para compreender as nuances desta arte importada e, de acordo com Abdala Jr. e Campedelli (1986), o barroco no Brasil se associou à consolidação da aristocracia colonial, o que era de se esperar de terras colonizadas. Nos anos entre 1580 e 1640, a colônia portuguesa esteve sob o domínio da União Ibérica, porém, com o término desta, Portugal passou à influência da Inglaterra o que o obrigou ainda mais a exploração da sua colônia. Isso levou maior controle sobre a economia brasileira e a pressão só tenderia a aumentar com o monopólio das companhias gerais do comércio e a extração do ouro, em fins do século XVII.

Percebam aqui que a acentuação que fazemos sobre a mineração de ouro ter tido um grande impacto na economia brasileira entre os séculos XVI e XVII, estimulando o comércio interno, o surgimento de novas cidades e uma classe de mercadores e comerciantes. Além disso, a atividade de mineração criou uma demanda por mão de obra escravizada gratuita e alimentou o comércio de escravizados africanos. Imagine, com isso, que com a busca pelo ouro também houve implicações sociais e culturais. Com tanta gente chegando em busca de riquezas, a *Região Dourada* experimentou um aumento populacional e na diversidade étnica. Várias comunidades e aldeias cresceram em torno dos garimpos, formando uma sociedade multicultural e heterogênea.

A presença da família real portuguesa na mineração de ouro era forte e impôs um imposto sobre a produção de ouro denominado "quintos[1]", equivalente a um quinto da produção total. Essa tributação era rigidamente controlada, e sua administração era exercida por funcionários reais conhecidos como 'Fiscais'. A cobrança de quintos causou muitas disputas e rebeliões, pois os mineiros frequentemente buscavam maneiras de fugir dos controles e evitar impostos.

A mineração de ouro teve um impacto significativo no meio ambiente. Realizada de formas primitivas, usando técnicas como o uso de potes e mineração a céu aberto. Essas práticas causaram desmatamento, erosão do solo e contaminação dos rios com mercúrio, que é usado para separar o ouro.

O impacto ambiental da mineração ainda pode ser visto em algumas **áreas** hoje. O ciclo do ouro no Brasil durou quase um século, mas sua importância econômica e social foi imensa. A mineração de ouro contribuiu para o desenvolvimento do país, trouxe prosperidade à família real portuguesa e lançou as bases para a formação de uma sociedade diversa e multicultural. Mesmo após o fim da mina, os vestígios desse período permaneceram no imaginário coletivo e na história brasileira.

O poema que vamos vai ler abaixo é de Gregório de Matos, autor que melhor representa a literatura barroca no Brasil:

---

1   O imposto do quinto recebeu esse nome, pois correspondia a 20% do ouro extraído, ou seja, um quinto do metal. A taxação era considerada demasiadamente alta e absurda e era tão odiado pelos brasileiros, que, quando se referiam a ele, diziam "O Quinto dos Infernos".

Soneto

Carregado de mim ando no mundo,
E o grande peso embarga-me as passadas,
Que como ando por vias desusadas,
Faço crescer o peso, e vou-me ao fundo
O remédio será seguir o imundo
Caminho onde dos mais vejo as pisadas,
Que as bestas juntas andam mais ornadas,
Do que anda só o engenho mais fecundo.
Não é fácil viver entre os insanos,
Erra quem presumir que sabe tudo,
Se o atalho não soube dos seus danos.
O prudente varão há de ser mudo,
Que é melhor neste mundo, mar de enganos
Ser louco c'os demais, que só sisudo.

(De Matos, [s.d.], *online*)

A poesia de Gregório de Matos, para além de arte, mostra-se, também, como documento da vida social do século XVII, tendo o artista integrando o grupo de escritores, pioneiramente na história do país, uma literatura que é brasileira de forma genuína, mesmo que adaptando a estética europeia e "abrasileirando" linguagem e temáticas.

2.3 Poesia barroca: o esplendor do conflito e a exuberância das metáforas

No Brasil colônia, a poesia barroca no Brasil alcançou seu auge durante o século XVII, período marcado pela influência da cultura portuguesa. Sabe-se que, como no contexto europeu, a poesia barroca brasileira é marcada pela sua linguagem rebuscada, uso de figuras de linguagem e temáticas que exploravam a efemeridade da vida, a religião e as dualidades humanas.

2.3.1 Gregório de Matos

Gregório de Matos ficou conhecido como "Boca do Inferno", pelo teor sarcástico e pungente de seus poemas. Ele foi reconhecido por suas críticas incisivas à sociedade colonial brasileira. Condenou a hipocrisia, a corrupção, o mal e a injustiça da época. Suas letras ácidas e sarcasmo mordaz eram dirigidas contra pessoas influentes, religiosos e autoridades, causando grande repercussão e gerando polêmica. Ousamos dizer que este autor foi o mais importante poeta barroco do Brasil. Sua obra é marcada por escritos satíricos. Ele aborda temas como hipocrisia religiosa, corrupção, injustiça social e os males da sociedade colonial. Seus poemas revelam um mundo pessimista caracterizado pela capacidade de jogar com palavras e expressões populares. Veja um poema de Gregório de Matos, um soneto satírico formado por versos decassílabos em esquema de rimas ABBA, ABBA, CDE, CDE:

A cada canto um grande conselheiro,
Que nos quer governar cabana e vinha;
Não sabem governar sua cozinha,
E podem governar o mundo inteiro.

Em cada porta um frequente olheiro,
Que a vida do vizinho e da vizinha
Pesquisa, escuta, espreita e esquadrinha,
Para a levar à praça e ao terreiro.

Muitos mulatos desavergonhados,
Trazidos sob os pés os homens nobres,
Posta nas palmas toda a picardia,

Estupendas usuras nos mercados,
Todos os que não furtam muito pobres:
E eis aqui a cidade da Bahia.

(Matos *apud* Gomes, 2006, p. 1).

O soneto é pequena composição poética composta de 14 versos, com número de sílabas variável, sendo o mais comum o decassílabo, e cujo último verso (chamado chave de ouro) detém ideia principal do poema ou deve encerrá-lo de maneira a encantar ou surpreender o leitor. Para ficar mais didático, colocamos acima como o soneto se escreve, aqui abaixo está a tabela com o esquema de rimas:

A cada canto um grande conselheiro,	A
Que nos quer governar cabana e vinha;	B
Não sabem governar sua cozinha,	B
E podem governar o mundo inteiro.	A
Em cada porta um frequente olheiro,	A
Que a vida do vizinho e da vizinha	B
Pesquisa, escuta, espreita e esquadrinha,	B
Para a levar à praça e ao terreiro.	A
Muitos mulatos desavergonhados,	C
Trazidos sob os pés os homens nobres,	D
Posta nas palmas toda a picardia,	E
Estupendas usuras nos mercados,	C
Todos os que não furtam muito pobres,	D
E eis aqui a cidade da Bahia.	E

Caro estudante, observe que a Bahia de tempos passados é retratada com um matiz de saudosismo, e Gregório de Matos denuncia a decadência moral e econômica que assola a cidade naquela era. Os malfeitores e astutos, representados pelos comerciantes e similares, detêm o controle político e econômico, enquanto os trabalhadores íntegros encontram-se em situação de penúria, sem relevância social. O tom melancólico e de queixa está igualmente presente em seu renomado soneto **À cidade da Bahia**, no qual se vislumbra a queda dos engenhos de açúcar e a ascensão da classe burguesa, vista pelo poeta como oportunista.

BARROCO

Triste Bahia! Ó quão dessemelhante
Estás e estou do nosso antigo estado!
Pobre te vejo a ti, tu a mi empenhado,
Rica te vi eu já, tu a mi abundante.

A ti trocou-te a máquina mercante,
Que em tua larga barra tem entrado,
A mim foi-me trocando, e tem trocado,
Tanto negócio e tanto negociante.

Deste em dar tanto açúcar excelente
Pelas drogas inúteis, que abelhuda
Simples aceitas do sagaz Brichote.

Oh se quisera Deus que de repente
Um dia amanheceras tão sisuda
Que fora de algodão o teu capote!

(Matos *apud* Wisnik, 1976, p. 40)

Nas palavras de Salles (1975), "A Bahia nesta época encarnava como que uma síntese da colônia, seu atraso, suas contradições, suas dificuldades, sua boemia, costumes livres, oportunismo e carreirismo". Sendo assim, uma das premissas que, como estudantes da literatura brasileira, necessitamos compreender é que Gregório de Matos critica a sociedade brasileira, colocando em xeque a honestidade de personalidades brasileiras sem importar a classe social a que pertenciam.

2.3.2 Bento Teixeira

Esse autor foi um importante poeta brasileiro do período barroco. Ele nasceu por volta de 1561 – acredita-se que em Salvador, no estado da Bahia – e é conhecido como o autor da primeira obra literária publicada no Brasil, intitulada *Prosopopeia*. Veja um trecho do poema:

I

Cantem Poetas o Poder Romano,
Sobmetendo Nações ao jugo duro;
O Mantuano pinte o Rei Troiano,
Descendo à confusão do Reino escuro;
Que eu canto um Albuquerque soberano,
Da Fé, da cara Pátria firme muro,
Cujo valor e ser, que o Ceo lhe inspira,
Pode estancar a Lácia e Grega lira.

(Teixeira *apud* Oliveira, 2016, p. 30)

Prosopopeia foi publicado em 1601, sendo um poema épico que narra a história da colonização portuguesa no Brasil. A obra, de estilo barroco, está repleta de recursos literários, como metáforas, antíteses e jogos de palavras – muito presentes no estilo. Bento Teixeira mescla elementos mitológicos, religiosos e históricos em sua narrativa, exaltando as glórias e a grandiosidade do Império Português. O autor é reconhecido como um dos pioneiros da literatura brasileira, sua obra contribuiu para a afirmação da identidade cultural do país como marco na literatura colonial brasileira, mostrando o desenvolvimento da escrita literária no Brasil e a riqueza da expressão barroca.

2.4 Prosa barroca: a narrativa ornamentada

A prosa barroca tem uma linguagem rebuscada, cheia de figuras de linguagem, períodos longos e complexos, com tendência à exuberância verbal. Da mesma forma que na poesia barroca, a prosa intenta impactar o leitor por meio de uma expressão intensa e dramática, e os escritores barrocos buscam explorar temas como a efemeridade da vida, a transitoriedade do tempo, as incertezas e contradições humanas, e a busca pela transcendência espiritual.

Marco autoral de Padre Antônio Vieira é comumente destacado nesse período. Padre Antônio Vieira publicou sermões que mesclam a religiosidade, a crítica social e a sátira. A prosa barroca, bem como a poesia, reflete a complexidade e a ambiguidade da época, em que a fé religiosa e a efervescência cultural se entrelaçavam.

2.4.1 Padre Antônio Vieira

O padre Antônio Vieira (1608-1697) nasceu em Lisboa e chegou ao Brasil aos seis anos de idade. Ingressou no Colégio da Companhia de Jesus e, seguindo sua vocação, iniciou seu noviciado com os jesuítas. Entre idas e vindas de Portugal ao Brasil, Vieira foi nomeado orador régio, esteve na Itália para buscar aproximação entre Lisboa e Madrid, chefiou missões no Maranhão, viajou até o Amazonas para catequizar os indígenas, foi preso pela Inquisição, tornou-se pregador oficial dos salões literários da rainha Cristina da Suécia e faleceu no Colégio da Bahia.

A obra de Padre Antônio Vieira revela uma riqueza literária e retórica eloquente com sermões notáveis pelo uso de figuras de linguagem, metáforas e alegorias, além de uma escrita fluente e persuasiva. Ao ler seus textos, percebe-se que era um pregador carismático e suas palavras tocavam os fiéis, causando impacto emocional e buscando despertar a consciência social. Seus Sermões, publicados entre 1679 e 1748, totalizam 16 volumes, sendo o púlpito o grande propagador de suas ideias e das causas que defendeu. Do alto desse púlpito, o pregador buscava persuadir o público com um discurso repleto de comparações, antíteses, metáforas e hipérboles. A repetição, bem como o uso de perguntas e respostas, enfatizava o despertar da consciência com uma eficácia indiscutível.

> Vós, diz Cristo Senhor nosso, falando com os Pregadores, sois o sal da terra: e chama-lhes sal da terra, porque quer que façam na terra, o que faz o sal. O efeito do sal é impedir a corrupção, mas quando a terra se vê tão corrupta como está a nossa, havendo tantos nela, que têm ofício de sal, qual será, ou qual pode ser a causa desta corrupção? Ou é porque o sal não salga, ou porque a terra se não deixa salgar. Ou é porque o sal não salga, e os Pregadores não pregam a verdadeira doutrina; ou porque a terra se não deixa salgar, e os ouvintes, sendo verdadeira doutrina, que lhes dão, a não querem receber; ou é porque o sal não salga, e os Pregadores dizem uma cousa, e fazem outra, ou porque a terra se não deixa salgar, e os ouvintes querem antes imitar o que eles fazem, que fazem o que dizem: ou é porque o sal não salga, os Pregadores se pregam a si, e não a Cristo; ou porque a terra se não deixa salgar, e os ouvintes em vez de servir a Cristo, servem a seus apetites [...] Isto suposto, quero hoje à imitação de Santo Antônio voltar-me da terra ao mar, e já que os homens se não aproveitam, pregar aos peixes. O mar está tão perto, que bem me ouvirão (Vieira *apud* Abdala Jr.; Campedelli, 1986, p. 31-32).

É notório que a repetição estabelece um duelo entre o orador e a palavra, tendo como base a premissa que permeia o sermão: "sois o sal da terra". A partir dessa leitura bíblica, Vieira explora várias abordagens para explicar as causas da corrupção, valendo-se não apenas da repetição de ideias (associando o sal à doutrina cristã), mas também empregando frases alternativas, por meio do uso de "ou é porque". Além disso, é possível identificar a presença marcante da ironia, especialmente quando, após construir um argumento lógico e persuasivo, ele direciona sua atenção aos peixes, em vez dos seres humanos, em uma clara alusão ao mutismo e à surdez.

2.5 Guia de aprendizagem

1) No *Sermão da Sexagésima*, padre Antônio Vieira aborda o tema da ineficácia das pregações na Igreja de Deus, questionando o motivo pelo qual, apesar da abundante disseminação da palavra divina e do aumento do número de pregadores, o resultado é tão escasso em termos de frutos espirituais. Ele emprega uma estratégia discursiva que se baseia em sucessivas interrogações, com o objetivo principal de explorar essa grande e significativa dúvida. Por meio dessa abordagem, Vieira busca incitar uma reflexão, tanto em si mesmo quanto na audiência, levando-o a compreender o processo de pregação e proporcionando ao público a oportunidade de aprimorar a capacidade de ouvir atentamente e com compreensão. De acordo com o que foi estudado, qual é o objetivo principal Vieira apresenta como estratégia discursiva sucessivas interrogações?

2) Quando Deus redimiu da tirania
Da mão do Faraó endurecido
O Povo Hebreu amado, e esclarecido,
Páscoa ficou da redenção o dia.

Páscoa de flores, dia de alegria
Àquele Povo foi tão afligido
O dia, em que por Deus foi redimido;
Ergo sois vós, Senhor, Deus da Bahia.

Pois mandado pela alta Majestade
Nos remiu de tão triste cativeiro,
Nos livrou de tão vil calamidade.

Quem pode ser senão um verdadeiro
Deus, que veio extirpar desta cidade
O Faraó do povo brasileiro.

Damasceno, D. (org.). *Melhores poemas:*
Gregório de Matos. São Paulo: Globo, 2006.

Com uma elaboração de linguagem e uma visão de mundo que apresentam princípios barrocos, qual é a temática expressa no soneto de Gregório de Matos?

2.6 Literatura na tela

Caro estudante, aqui relacionamos alguns filmes que ajudarão você a pensar o período barroco no Brasil.

O Aleijadinho: paixão, glória e suplício (1978) – dirigido por Geraldo Santos Pereira, o filme biográfico apresenta a vida e obra do famoso escultor e arquiteto Aleijadinho, figura-chave do barroco no Brasil.

O Aleijadinho: paixão, glória e suplício (1978) Direção: Geraldo Santos Pereira: Brasil. Distribuição: Embrafilme.

Dona Flor e seus dois maridos (1976) – dirigido por Bruno Barreto, esse filme é baseado no livro de Jorge Amado e retrata aspectos da cultura brasileira, com suas festas, sensualidade e religiosidade, elementos que também são encontrados no período barroco.

Dona Flor e seus dois maridos (1976) Direção: Bruno Barreto País: Brasil Distribuição: Difilm Distribuidora de Filmes S.A.

Capítulo 3

ARCADISMO
NATUREZA IDEALIZADA E A BUSCA PELA SIMPLICIDADE POÉTICA

Caro aluno, convidamos você a pensar um pouco sobre como seria viver no século XVII com tantos acontecimentos contraditórios. A alma do homem corrompida pelos ideais da fé, pelo medo da danação eterna apregoada pela Igreja. Um paradoxo que é mostrado na literatura, bem como as antíteses enredadas nos versos dos poemas ou nas linhas das prosas. Agora, no final da era barroca, começa um novo amanhecer em que o ser humano busca paz e tranquilidade, já não lhe interessando mais aquelas buscas incessantes do que aconteceria no *post-mortem*.

Em que lugar você se imagina para fugir das atribulações do dia a dia? Uma semana de trabalho intenso, estudos ou mesmo nas férias, quando em busca de tranquilidade, qual viagem lhe interessaria mais: a praia lotada de turistas ou com chalé nas montanhas? Qual desses destinos te leva a uma reflexão de si mesmo?

Parece-nos que a fuga da cidade é o mais interessante e, aqui apresentamos o arcadismo, que se distancia do meio urbano e busca viver o agora. Se fosse na atualidade, os homens que buscam crescimento em negócios a fim de deixar para a próxima geração suas riquezas seriam categoricamente criticadas por essa escola literária. Afinal de contas, o *carpe diem* – viver o agora, aproveitar o momento – é um dos lemas desse período.

Objetivos deste capítulo:

- Analisar as obras e as condições históricas e culturais da época.
- Explorar os temas como natureza e simplicidade, idealização do amor, mitologia clássica, críticas à sociedade e à cidade, racionalismo e culto à razão e pastoralismo.
- Estudar a oposição do arcadismo ao barroco.

Escolhemos as montanhas com pastos verdejantes em contraposição à uma praia lotada de turistas pelo tema *locus amoenus* (lugar ameno) do arcadismo que mostra o *fugere urbem* (fugir da cidade para encontrar o local agradável).

O arcadismo, ou neoclassicismo, nasceu na Europa do século XVIII e, no Brasil, teve seu marco inicial com *Obras poéticas*, de Cláudio Manuel da Costa, em 1768. No Brasil, essa foi a tendência estética dominante no país durante este período, tendo seus principais autores presentes na cidade de Vila Rica, atual Ouro Preto, em Minas Gerais.

Historicamente, o arcadismo teve encontro com o movimento separatista da Inconfidência Mineira, em que muitos autores árcades marcaram presença. Costumam-se dividir as obras dos autores neoclassicistas brasileiros em "poemas líricos", "obras satíricas" e "literatura épica".

O arcadismo é representado por diversos autores, entre os quais damos destaque a Tomás António Gonzaga, que escreveu o clássico *Marília de Dirceu* e as revolucionárias *Cartas chilenas*; Basílio da Gama, com o livro *O uraguai*; e Santa Rita Durão, autor de *Caramuru*.

3.1 Arcadismo no Brasil: o renascer da poesia no contexto iluminista e as características da época áurea

O arcadismo é um movimento literário brasileiro que surgiu no século XVIII, ou, como mencionamos anteriormente, neoclassicismo. Esse período histórico foi marcado pelo avanço do pensamento iluminista, que enfatizava a busca da razão, do equilíbrio e da harmonia na arte e na sociedade. Nesse novo contexto de pensamento, a poesia brasileira floresceu, inspirando-se nas obras clássicas greco-latinas e propondo uma espécie de "renascimento" literário que abraçava a estética conhecida como Época Áurea.

No cenário arcadista brasileiro, o escritor, conhecido como árcade ou neoclassicista, valorizava a simplicidade e a natureza e buscava retratar um mundo bucólico e simplista. As marcas da época áurea representaram um retorno à escala clássica com métodos métricos regulares, o uso de expressões idiomáticas comedidas e uma linguagem mais familiar, e um afastamento do estranho e complexo estilo barroco.

A poesia árcade brasileira era frequentemente orientada para a vida no campo, o amor bucólico, o pastoreio e a glorificação da tranquilidade da vida no campo, sendo esta última vista como um refúgio dos problemas e turbulências da cidade. Poetas árcades brasileiros como Tomás António Gonzaga, Cláudio Manuel da Costa e Basílio da Gama contribuíram para a formação de uma identidade literária nacional e perseguiram temas genuinamente brasileiros. Com o objetivo de retomar os valores clássicos, os membros do arcadismo escolheram expressões latinas para sintetizar os sentimentos e pensamentos do grupo.

A expressão latina, talvez mais usada até os dias de hoje, é *carpe diem* que significa "aproveitar o dia". Essa ideia assume que a vida é passageira, que não temos controle sobre ela e que é importante aproveitar os momentos que vivemos sem nos preocuparmos com um amanhã incerto. Outra expressão comentada anteriormente no início do nosso estudo sobre arcadismo é *locus amoenus* (lugar ameno), que trata do campo e da natureza apresentando-se como um local confortável em que se pode encontrar a paz e a tranquilidade que ambicionava o espírito do século XVIII, bem como, nessa linha de raciocínio, *fugere urbem*, com a ideia de fugir da cidade. O crescimento desordenado da cidade na industrialização fez com que os sentimentos pastorais fossem fortalecidos pelos poetas árcades, que evocavam nostalgicamente a natureza em sua poesia e passaram a defender a vida camponesa em detrimento das adversidades urbanas.

Ainda sobre os termos em latim, encontramos *inutilia truncat* (cortar o inútil), um dos termos que contrapõem veementemente o barroco nos excessos cultuados por este. Essa ideia insiste em que na expressão literária e na própria vida, tudo o que vai além do essencial deve ser excluído e a simplicidade deve prevalecer. E, por fim, mas não menos importante, *aurea mediocritas* (equilíbrio do ouro), argumentando a luta por uma vida mais simples, mas menos miserável, e que precisamos nos desapegar de nossos problemas materiais e deixar espaço apenas para o essencial de uma vida plena.

Além da presença dessas expressões latinas, os seguintes elementos podem ser destacados como características fundamentais do estilo desenvolvido no arcadismo: a busca pela simplicidade, o bucolismo, o pastorialismo e a aversão à subjetividade. Moisés (2001) nos lembra, ainda, que, tanto no barroco quanto no arcadismo, encontramos expressão também na prosa.

3.2 Características da estética árcade

Caro estudante, Coutinho (2001, p. 122) afirma que o século XVIII "está em transição, atravessado por tendências contraditórias, polarizado entre a liberdade e a tradição, a espontaneidade e o formalismo, a expressividade e o ornamenteis-me". Faz-se alusão, portanto, ao desprendimento de valores arcaicos naquele momento, em contraposição aos valores barrocos, em que há um esforço pela retomada de valores clássicos, refletindo as contradições aos ideais desse período. Coutinho (2001) revela que a exuberância e o arrojo do barroco dão lugar à arte clássica, disciplinada e equilibrada do tipo encontrado na poesia árcade. Porém, é importante esclarecer que, ao mesmo tempo em que se celebra a razão, a emoção e a sensibilidade também fazem parte dessa estética.

Figura 3.1 - The shepherds of Arcadia

Poussin, N. The shepherds of Arcadia (1638-1640). Fonte: WikiCommons (2019, online). Acesso em: 2 ago. 2023.

A pintura The Shepherds of Arcadia, de Nicolas Poussin, retrata três pastores e uma pastora em uma paisagem bucólica e idílica de Arcádia, uma região montanhosa da Grécia que se tornou um símbolo de um lugar idealizado e utópico na literatura e nas artes. O ambiente pastoril transmite uma sensação de paz, tranquilidade e harmonia com a natureza, características típicas da estética do arcadismo, tanto na pintura quanto na poesia.

A obra O balanço, mostrada a seguir, exemplifica os temas recorrentes do rococó, como a galanteria, o amor cortês e os momentos de lazer da alta sociedade. A pintura também sugere uma dose de intriga e flerte, com a jovem mulher no balanço capturando a atenção dos cavalheiros de maneira coquete e o terceiro personagem escondido criando uma atmosfera de segredo e cumplicidade.

Figura 3.2 - O balanço

Lancret, N. O balanço. Fonte: Revista Cliche (2014, online). Acesso em: 2 ago. 2023.

Percebe-se que a tela é bastante harmônica, por meio do cromatismo que se distancia do barroco na técnica chiaroscuro, chegando a ser conflitivo, pesado e dramático. Verifique o apreço pela homeostase das cores e as figuras, em sintonia com a natureza, em disposição de modo racional. Mesmo assim, pode-se constar sentimentalidade das relações apresentadas por essas personagens. Leiamos o poema a seguir, observando as características do poema em sua forma, em soneto, e a construção em decassílabo cujas rimas estão dispostas no esquema ABBA, ABBA, CDC, DCD no poema *Torno a ver-vos, ó montes*, de Cláudio Manuel da Costa:

Torno a ver-vos, ó montes; o destino
Aqui me torna a pôr nestes outeiros,
Onde um tempo os gabões deixei grosseiros
Pelo traje da Corte, rico e fino.

Aqui estou entre Almendro, entre Corino,
Os meus fiéis, meus doces companheiros,
Vendo correr os míseros vaqueiros
Atrás de seu cansado desatino.

Se o bem desta choupana pode tanto,
Que chega a ter mais preço, e mais valia
Que, da Cidade, o lisonjeiro encanto,

Aqui descanse a louca fantasia,
E o que até agora se tornava em pranto
Se converta em afetos de alegria

(Costa apud Proença Filho, 2002, p. 23).

Em relação à temática, caríssimo estudante, é universalizante a contemplação da paisagem, sem se mostrar um espaço geográfico específico. O interlocutor do eu lírico mostra-se como o próprio país ao qual se retorna, sendo citados elementos da vida no campo como a simplicidade das casas, dando ênfase a este estilo de vida campesino em detrimento do modo de vida cosmopolita.

3.3 Poetas do arcadismo brasileiro

Os poetas arcadistas revelam-se comedidos, mas não entendamos isso como falta de sentimentos. Há sentimentos, porém dosados com a cautela da razão. O louvor e a retomada ao classicismo são bastante cultuados, chegando a parecer como uma receita de bolo – e sobre isto, caro estudante, guarde bem esta informação. A preocupação de se dar ao leitor uma leitura mais clara e objetiva é a razão de ser da maioria dos autores dessa escola literária.

3.3.1 Cláudio Manuel da Costa (1729-1789)

Foi o precursor do arcadismo brasileiro. É com a publicação de *Obras poéticas*, em 1768, obra lançada em Coimbra, que o arcadismo tem início no Brasil. O autor, cujo nome árcade era Glauceste Satúrnio, produziu, entre 1751 e 1753, *Músculo métrico*, o *Epicédio em memória do Frei Gaspar da Encarnação, Labirinto de amor, Culto métrico* e *Números harmônicos*. Tais obras contêm traços do barroco, o que demonstra que é um autor de transição entre as duas escolas. Em alguns momentos, percebemos recursos do cultismo e do obscurantismo das imagens barrocas; em outros, há expressões de paisagens bucólicas da Arcádia.

Cláudio Manuel da Costa escreveu, também, as poesias narrativas *Fábula do Ribeirão do Carmo* e *Vila Rica*, em que observamos, de acordo com Bosi (2006), a oscilação do autor entre a estética barroca e a pregada pelos novos árcades. Leia, a seguir, o poema *Torno a ver-vos, ó montes*, demonstrado no tópico 3.2.

Ainda na obra de Cláudio Manuel da Costa, um fato interessante é que a mesma é composta por mais de 100 sonetos, em que se percebe, ademais, a presença de diversas figuras femininas. Observemos no exemplo:

[...]
Tudo quanto de grande, novo e raro
O Cetro Lusitano fará claro.
Ali... mas tudo aos olhos patenteio.
Disse, e deixando ver o escuro seio,

De uma pequena lágrima, que a penha
Derrama das entranhas, se despenha
Gota a gota um ribeiro; logo a raia
De ambas margens excede e já se espraia,

Separado do berço na campina.
Um murmúrio sonoro só de Eulina
Repete o nome; a maravilha estranha

Inda mais se adianta; ao longe apanha
Uma Ninfa na areia as porções de ouro,
Com que esmalta o cabelo e o torna louro.
[...]

(Costa *apud* Proença Filho, 2002, p. 27).

Essas mulheres pastoras são retratadas como seres inalcançáveis ao eu lírico, revelando, de acordo com Bosi (2006), o caráter sentimental da obra do poeta, o que vai ao encontro da tendência de anulação da subjetividade, característica do arcadismo.

Essa peculiaridade atribui certa singularidade à obra do autor. Sua arte era transitória, e ainda podemos notar ecos barrocos juntamente aos princípios árcades no soneto apresentado. Nele, encontramos a contemplação da natureza (rio, praia), conforme preconiza o neoclassicismo, bem como imagens da mitologia grega (as ninfas) e o jogo de oposições típico do barroco (claro/escuro, pequena lágrima/ribeiro).

3.3.2 Frei José Santa Rita Durão (1722-1784)

Santa Rita Durão nasceu na antiga cidade Cata-Preta, atual Mariana em Minas Gerais) e faleceu em Lisboa, Portugal. Foi membro da ordem religiosa agostiniana, sendo sua principal inspiração a lírica de Camões Os lusíadas. Literariamente falando, adota a figura do indígena como o "arquétipo de representação dos ideais árcades", bem como outro autor chamado Basílio da Gama – veremos mais adiante. Conforme apontado por Bosi (2006), essa abordagem ocorre em oposição ao pensamento iluminista. Isso porque Santa Rita Durão volta sua literatura ao passado colonial e jesuíta, exaltando o trabalho dos religiosos, o que os críticos consideram como um retrocesso no contexto de expansão das ideias iluministas.

Caramuru é uma obra que apresenta a ficcionalização da história de Diogo Álvares Correia, um desbravador português que, após um naufrágio, passa a conviver com os indígenas tupinambás, que habitavam a costa brasileira durante os anos de 1500. Ele recebe a alcunha de Caramuru pelos indígenas. Do ponto de vista estrutural, a obra segue o padrão clássico, dividindo-se em 10 cantos compostos por versos em oitavas e decassílabos, com as rimas seguindo o esquema ABABABCC.

Canto II

[...]

XVII

Não era assim nas aves fugitivas,
Que umas frechava no ar, e outras em laços
Com arte o caçador tomava vivas;
Uma, porém, nos líquidos espaços
Faz com a pluma as setas pouco ativas,
Deixando a lisa pena os golpes lassos.
Toma-a de mira Diogo e o ponto aguarda:
Dá-lhe um tiro e derruba-a com a espingarda.

Estando a turba longe de cuidá-lo,
Fica o bárbaro ao golpe estremecido
E cai por terra no tremendo abalo
Da chama do fracasso e do estampido;
Qual do hórrido trovão com raio e estalo
Algum junto a quem cai fica aturdido,
Tal Gupeva ficou, crendo formada
No arcabuz de Diogo uma trovoada

(Durão, 2023, p. 18).

Segundo Bosi (2006), analisando a obra pelo lado dos estudos pós-coloniais, o indígena em *Caramuru* é retratado como o "outro", visto apenas como um objeto passivo da colonização e da catequese. Ou seja, Santa Rita Durão mostra o indígena de forma que ele perde sua identidade étnica, às vezes sendo mostrado de maneira simplista, como um alvo de espanto para os colonizadores, especialmente nas cenas de antropofagia descritas. Em outros momentos, o indígena é apresentado como uma figura pacificada, moldada pela catequese dos jesuítas.

3.3.3 Basílio da Gama

Basílio da Gama (1741-1795) foi um poeta brasileiro mais conhecido por ser autor do poema épico *O uraguai*, eleito por muitos críticos literários como a melhor realização desse gênero durante o período do arcadismo no Brasil. No ano de 1769, o autor lançou esse poema, considerado uma obra-prima do arcadismo brasileiro, contendo alguns dos mais admiráveis versos em língua portuguesa.

A história contada na obra remonta a guerra entre portugueses e espanhóis contra os Sete Povos das Missões do Uruguai, comunidades estabelecidas nas missões jesuíticas na região atual do Rio Grande do Sul. Essas comunidades resistiam em aceitar as decisões do Tratado de Madri, que demarcava as fronteiras no sul do Brasil.

O poema extenso de O uraguai é dividido em cinco cantos e, apesar de conter elementos tradicionais dos poemas épicos, foi escrito sem divisões de estrofes. A afinidade que o escritor revela pela coragem dos indígenas e os enaltece pela beleza da paisagem brasileira o configura como um precursor do indianismo e nativismo que seriam explorados no século XIX pelos autores românticos.

Entre os episódios mais conhecidos está a trágica morte de Lindóia (canto IV), uma indígena que, ao receber a notícia da morte de seu amado Cacambo, deixa-se ser picada por uma cobra.

Canto IV

(...)
Cansada de viver, tinha escolhido
Para morrer a mísera Lindóia.
Lá reclinada, como que dormia,
Na branda relva e nas mimosas flores,

ARCADISMO

Tinha a face na mão, e a mão no tronco
De um fúnebre cipreste, que espalhava
Melancólica sombra. Mais de perto
Descobrem que se enrola no seu corpo
Verde serpente, e lhe passeia, e cinge
Pescoço e braços, e lhe lambe o seio.
Fogem de a ver assim, sobressaltados,
E param cheios de temor ao longe;
E nem se atrevem a chamá-la, e temem
Que desperte assustada, e irrite o monstro,
E fuja, e apresse no fugir a morte.
Porém o destro Caitutu, que treme
Do perigo da irmã, sem mais demora
Dobrou as pontas do arco, e quis três vezes
Soltar o tiro, e vacilou três vezes
Entre a ira e o temor. Enfim sacode
O arco e faz voar a aguda seta,
Que toca o peito de Lindóia, e fere
A serpente na testa, e a boca e os dentes
Deixou cravados no vizinho tronco.
Açouta o campo co'a ligeira cauda
O irado monstro, e em tortuosos giros
Se enrosca no cipreste, e verte envolto
Em negro sangue o lívido veneno.
Leva nos braços a infeliz Lindóia
O desgraçado irmão, que ao despertá-la
Conhece, com que dor! no frio rosto
Os sinais do veneno, e vê ferido
Pelo dente sutil o brando peito.
Os olhos, em que Amor reinava, um dia,

Cheios de morte; e muda aquela língua
Que ao surdo vento e aos ecos tantas vezes
Contou a larga história de seus males.
Nos olhos Caitutu não sofre o pranto,
E rompe em profundíssimos suspiros,
Lendo na testa da fronteira gruta
De sua mão já trêmula gravado
O alheio crime e a voluntária morte.
E por todas as partes repetido
O suspirado nome de Cacambo.
Inda conserva o pálido semblante
Um não sei quê de magoado e triste,
Que os corações mais duros enternece
Tanto era bela no seu rosto a morte!

(Só Literatura, 2023)

Quando se trata de Basílio da Gama, há um trecho de Bosi (2006) que retrata bem o que a academia fala do autor:

> Poeta de veia fácil que aprendeu na Arcádia menos o artifício dos temas que o desempenho da linguagem e do metro. O verso branco (sem rimas) e o balanço entre os decassílabos heroicos e sáficos aligeiram a estrutura do poema que melhor se diria lírico-narrativo do que épico.

Na obra de Basílio, é notável uma ruptura formal, pois a métrica utilizada pelo autor difere das divisões tradicionais dos poemas heroicos. Ele alterna entre decassílabos heroicos (versos com 10 sílabas, com acentos nas sexta e décima sílabas) e sáficos (versos com 10 sílabas, com acentos na quarta, oitava e décima sílabas). Além disso, Basílio da Gama demonstra desprezo pela padronização das estrofes. Apesar dessa variedade, é possível identificar o espírito árcade que permeia a poesia de Basílio. Ele dá ênfase aos aspectos da natureza em sua exposição, revelando a essência do movimento literário.

3.3.4 Tomás António Gonzaga (1744-1810)

Tomás António Gonzaga, conhecido por adotar o nome de Dirceu em sua faceta de escritor árcade, era filho de um magistrado brasileiro. Ele nasceu em Coimbra, passou sua infância na Bahia e recebeu educação dos jesuítas. Após se formar em Cânones, seguiu os passos de seu pai e atuou como magistrado em terras brasileiras.

Em 1782, mudou-se para Vila Rica, onde se envolveu com os inconfidentes, o que trouxe consequências políticas para sua vida. Por esse motivo, foi exilado para Moçambique. Lá, já próximo aos 40 anos de idade, apaixonou-se por Joaquina Doroteia de Seixas, uma jovem rica, que se tornaria a personagem central de sua grande obra intitulada *Marília de Dirceu*. Diz-se que a pastora Marília, mencionada em seus versos, corresponde, na realidade, a Joaquina.

> Lira III
> De amar, minha Marília, a formosura
> Não se podem livrar humanos peitos.
> Adoram os heróis; e os mesmos brutos
> Aos grilhões de Cupido estão sujeitos.
> Quem, Marília, despreza uma beleza,
> A luz da razão precisa;
> E se tem discurso, pisa
> A lei, que lhe ditou a Natureza

(Gonzaga *apud* Bosi, 2006, p. 71).

Candido (1993) destaca a importância da biografia de Gonzaga, especialmente no que diz respeito à sua vida amorosa, para a compreensão de sua obra. Apesar do intenso arrebatamento amoroso, Gonzaga conseguiu evitar os excessos sentimentalistas comuns aos românticos. Sua obra revela um equilíbrio notável entre o sentimento e a razão, característico da lírica árcade.

3.4 Guia de aprendizagem

1) Quais são as principais características do arcadismo brasileiro e como elas se diferenciam do estilo barroco?

2) Explique a relação entre o arcadismo e o contexto histórico-social do Brasil colonial.

3) Analise a importância da figura da "pastora Marília" na poesia árcade e sua representação como ideal feminino.

4) Quais são os temas pastoris frequentemente abordados na literatura árcade brasileira, e como eles refletem os ideais neoclássicos e iluministas?

5) Compare o estilo poético de Cláudio Manuel da Costa e Tomás António Gonzaga no contexto do arcadismo brasileiro.

6) Como a visão do "bom selvagem" é representada nas obras árcades brasileiras, e como isso se relaciona com o contexto colonial e as ideias iluministas.

3.5 Literatura na tela

Caro estudante, aqui apresentamos uma excelente comédia do cinema nacional, uma divertida releitura da obra escrita por Santa Rita Durão. A abordagem é bastante subversiva, desconstruindo os mitos elaborados pelo autor árcade e, inclusive, modificando os desfechos das histórias de várias personagens do poema épico que serviu de inspiração.

Caramuru, a invenção do Brasil (2001) Direção: Guel Arraes. País: Brasil. Distribuição: Columbia TriStar Filmes do Brasil.

Caramuru: a invenção do Brasil – dirigido por Guel Arraes, narra a descoberta do Novo Mundo pelos europeus, impulsionada pelos avanços na navegação e na elaboração de mapas. O filme acompanha a trajetória de Diogo (Selton Mello), um jovem pintor residente em Portugal, contratado para ilustrar um mapa. Porém, ao ser enganado pela sedutora Isabelle (Débora Bloch), ele é punido com a deportação em uma caravela comandada por Vasco de Athayde (Luís Mello). Após o naufrágio da embarcação, Diogo milagrosamente sobrevive e chega ao litoral brasileiro, onde conhece Paraguaçu (Camila Pitanga), uma bela índia com quem inicia um romance. A relação ganha novos contornos com a inclusão de Moema (Deborah Secco), irmã de Paraguaçu, criando um triângulo amoroso que tempera a narrativa.

Capítulo 4

ROMANTISMO
EMOÇÃO, IMAGINAÇÃO E A REVOLUÇÃO DA EXPRESSÃO ARTÍSTICA

Depois de tudo o que houve, as reviravoltas literárias, desde o trovadorismo (séculos XII a XIV) – período medieval marcado por poesias líricas e trovadorescas em Portugal, até o século XIX – o romantismo foi um importante movimento literário, artístico e cultural que se desenvolveu no Brasil iniciado por volta de 1836.

Caro estudante, começamos com a expressão "depois de tudo o que houve" pelo fato de que o romantismo veio para quebrar paradigmas fazendo uma revolução na história da literatura e das artes, trazendo consigo esta quebra de paradigmas tanto na estética quanto no modo de pensar a arte. Esse movimento rejeitou as normas clássicas e a rigidez do neoclassicismo, buscando a liberdade criativa e a expressão genuína dos sentimentos humanos.

Além disso, o romantismo abraçou a causa nacionalista, destacando a identidade cultural e histórica de cada país. No Brasil, por exemplo, os escritores românticos enalteceram a pátria, a história colonial e a figura do indígena como símbolo da nacionalidade.

Figura 4.1 - O guarani

De Alencar, J. *O guarani*. Rio de Janeiro: Ática, 2010.

Na sua opinião, como o romantismo utilizou o indígena como símbolo de nacionalidade? Por que da utilização do indígena para essa finalidade? Observe a figura da capa do livro de José de Alencar, *O guarani*, com ilustração de Luiz Gê, da Editora Ática, e responda às perguntas acima.

A Revolução Francesa ocorreu entre 1789 e 1799, tendo sido responsável pelo fim dos privilégios da aristocracia e pelo término do Antigo Regime. Isso foi um dos fatores determinantes para o romantismo, que, por si, já é uma escola revolucionária, que quebra paradigmas. É uma escola que privilegia o nacionalismo e ganha força no Brasil nesse aspecto.

Entretanto, há fatores que nos fazem pensar: o que é ser nacionalista na colônia? Se tudo o que temos de artístico é importado, como devemos louvar os artifícios nacionais se ainda não existem? Será que existem e ainda não percebemos?

A resposta pode ser sim e não ao mesmo tempo. Outrora não havia outro objeto a ser louvado como totalmente nacional se não o indígena; no entanto, o indígena é brasileiro? A noção de país como unidade que os brancos percebem, é vista dessa mesma forma pelos povos originários? Creio que a sua resposta deve ter sido "não", caro estudante. E, de fato, é dessa forma.

Ao adentrarmos mais à frente em nossos estudos, no momento mais nacionalista do romantismo – porque existem outros –, veremos o retrato do indígena na percepção do branco. O motivo de termos escolhido esse recorte é para que a análise deste capítulo seja a tentativa de *descobrir o que é ser brasileiro.*

Você se recorda das turbulências do barroco e da calmaria do arcadismo? Parece-nos, em uma análise muito *grosso modo,* que o arcadismo acalmou os ânimos para o bombardeio de emoções e reviravoltas do período romântico. Isso porque são tantos fatores determinantes: histórico, cultural, científico, econômico, liberal, entre outros, que apenas um viés impossibilita uma completa visão dessa escola literária. Mas tentaremos levá-lo a uma compreensão abrangente e necessária para começarmos nossos estudos e aprofundarmos mais adiante.

Objetivos deste capítulo:

- Analisar as obras e as condições históricas e culturais da época.
- Analisar as ideias sobre a natureza e a imaginação presentes neste período.
- Identificar temas como nacionalismo e individualismo.
- Refletir sobre a visão de mundo dos autores românticos.

4.1 Contexto histórico e as marcas da sensibilidade e nacionalidade na literatura

O romantismo foi um movimento artístico, cultural e intelectual que se desenvolveu principalmente na Europa no final do século XVIII e início do século XIX, e também emergiu em outras partes do mundo. O movimento foi uma resposta às mudanças sociais, políticas e econômicas trazidas pelo racionalismo Iluminista e pela Revolução Industrial.

A Revolução Industrial foi um período de intensa mudança socioeconômica que começou na Inglaterra no final do século XVIII e depois se espalhou pelo mundo. Essa revolução marcou a passagem da produção artesanal para a mecanizada, e com ela vieram avanços tecnológicos como a máquina a vapor, facilitando a produção em larga escala e a urbanização. Essa transformação trouxe mudanças dramáticas na organização do trabalho, na economia e na sociedade, marcando o início de uma nova era industrial.

A Revolução Francesa foi um dos eventos mais importantes da história moderna, tendo ocorrido na França entre 1789 e 1799. Foi um movimento que visava derrubar o absolutismo monárquico e estabelecer os princípios de liberdade, igualdade e fraternidade. Os motivos da rebelião foram inicialmente a insatisfação econômica, social e política com a pesada carga tributária do Terceiro Estado. A convocação dos Estados Gerais em 1789 levou ao estabelecimento da Assembleia Nacional Constituinte e à tomada da Bastilha, símbolo da luta contra a opressão.

Além disso, a Revolução Francesa teve várias etapas: uma monarquia constitucional, um período de terror sob o governo de Robespierre – grande defensor dos ideais de liberdade e da igualdade, cada vez mais envolvido na luta política que envolveu a Revolução – e depois o Governador-Geral. A revolução trouxe profundas mudanças políticas, sociais e culturais, abalando estruturas feudais e aristocráticas e culminando na execução de Luís XVI e da Rainha Maria Antonieta. Eventualmente, Napoleão Bonaparte ascendeu como líder e proclamou-se Imperador da França em 1804, reforçando muitas das mudanças introduzidas durante a Revolução. O legado da Revolução Francesa foi a disseminação dos ideais revolucionários e republicanos que influenciaram os movimentos sociais em todo o mundo e causaram mudanças políticas duradouras.

Durante o período romântico no Brasil, que ocorreu aproximadamente entre as décadas de 1820 e 1850, o país passou por mudanças políticas e sociais significativas. Em 1822, o Brasil tornou-se independente de Portugal e tornou-se uma monarquia constitucional com Dom Pedro I como imperador. Nesse contexto, destacam-se importantes escritores e poetas românticos brasileiros, como Gonçalves Dias, Álvares de Azevedo, Casimiro de Abreu e José de Alencar, que expressaram as emoções da natureza, amor, nacionalismo e saudade em um frenesi. Além disso, a escravidão ainda existia no país, e o romantismo expressou uma luta pela sua abolição e uma crítica à desigualdade social e à escravidão. A busca pela identidade nacional e a valorização das tradições e do folclore também foram características marcantes do Brasil nesse período.

A literatura romântica brasileira caracterizou-se pela expressão de sentimentos e emoções individuais, revelando grande sensibilidade dos autores. Respeitar a subjetividade permitiu-lhes explorar temas de amor, saudade, melancolia e paixão intensa. Essa ênfase no lado emocional também se reflete o apreço pela exuberante natureza brasileira, que se tornou uma marca registrada de muitas obras do romantismo atestando profunda conexão emocional com a terra natal, num sentimento nacionalista, mencionado anteriormente.

Ademais, a literatura romântica brasileira ajudou a construir uma identidade nacional, pois os escritores buscavam retratar a cultura e as tradições locais. As celebrações do indianismo, as lendas e o folclore brasileiro eram fatores que ajudavam a afirmar a nacionalidade. Além desses fatores, o interesse pelas questões sociais e a crítica à escravidão também podem ser encontrados nas obras românticas brasileiras, demonstrando sensibilidade às injustiças e desigualdades da época.

4.2 As três fases da poesia romântica

A primeira fase diz respeito à exaltação da natureza e do eu lírico, em que os poetas românticos celebravam a natureza como um reflexo das emoções humanas e frequentemente expressavam suas próprias experiências e sentimentos pessoais. Os elementos centrais da primeira fase eram a introspecção e a individualidade, com temas centrais como o amor, a solidão, a melancolia, a exaltação da natureza e a busca espiritual e mística.

A geração romântica inaugural no Brasil abrange o período de 1836 a 1852 e tem como base o par **nacionalismo-indianismo**, sendo marcada pela publicação de *Suspiros poéticos e saudades* em 1836 por Gonçalves de Magalhães. A recente conquista da independência pelo Brasil, impulsionada pelo fervor nacionalista e patriótico do país, levou os escritores desse período a explorar temas que contribuíssem para a formação da identidade nacional. O tema do indígena é amplamente investigado nessa etapa, reconhecida como "Indianismo", pois a representação do nativo é considerada totalmente nacional.

Gonçalves de Magalhães (1811-1882) foi um escritor brasileiro que pertenceu a essa primeira geração romântica, fase marcada por esse binômio nacionalismo-indianismo. Leia uma poesia da obra de Gonçalves de Magalhães presentes na obra *Suspiros poéticos e saudades* (1836):

A Tristeza

Triste sou como o salgueiro
Solitário junto ao lago,
Que depois da tempestade
Mostra dos raios o estrago.

De dia e noite sozinho
Causa horror ao caminhante,
Que nem mesmo à sombra sua
Quer pousar um só instante.

Fatal lei da natureza
Secou minha alma e meu rosto;
Profundo abismo é meu peito
De amargura e de desgosto.

À ventura tão sonhada,
Com que outrora me iludia,
Adeus disse, o derradeiro,
Té seu nome me angustia.

Do mundo já nada espero,
Nem sei por que inda vivo!
Só a esperança da morte
Me causa algum lenitivo.

(De Magalhães, [s.d.], p. 47)

Observe, caro estudante, a melancolia presente no poema acima. A mistura da natureza com a busca da elevação espiritual, rompendo definitivamente com conceitos cristãos do barroco.

A busca pelo equilíbrio que o arcadismo traz cai por terra no momento em que a emoção deixa de ter a dosagem de equilíbrio da razão. No entanto, a busca pela espiritualidade e as emoções não são psicologicamente abaladas pelas antíteses e paradoxos.

A segunda fase é do nacionalismo e pessimismo, os poetas românticos passaram a se concentrar mais em questões sociais e políticas, muitas vezes expressando descontentamento com a sociedade e o mundo contemporâneo. O nacionalismo também se tornou um tema importante, com ênfase nas raízes culturais e históricas do país. Temas centrais em destaque: nacionalismo, crítica social, luta política, desilusão, pessimismo, busca de identidade cultural, morte, amor não correspondido, tédio, insatisfação, pessimismo. A segunda geração romântica no Brasil começa em 1853 e vai até 1869 denominada **ultrarromântica** ou a geração **mal do século.**

Casimiro de Abreu (1839-1860) é considerado por muitos autores de livros didáticos como um dos maiores poetas da segunda geração romântica do Brasil. Esse período esteve marcado pelos temas relacionados com o amor, decepção e medo.

Meus oito anos

Oh! que saudades que tenho
Da aurora da minha vida,
Da minha infância querida
Que os anos não trazem mais!
Que amor, que sonho, que flores,
Naquelas tardes fagueiras
À sombra das bananeiras,
Debaixo dos laranjais!

Como são belos os dias
Do despontar da existência!
— Respira a alma inocência
Como perfumes a flor;
O mar é — lago sereno,
O céu — um manto azulado,
O mundo — um sonho dourado,
A vida — um hino d'amor!

Que aurora, que sol, que vida,
Que noites de melodia

Naquela doce alegria,
Naquele ingênuo folgar!
O céu bordado d'estrelas,
A terra de aromas cheia
As ondas beijando a areia
E a lua beijando o mar!

Oh! dias da minha infância!
Oh! meu céu de primavera!
Que doce a vida não era
Nessa risonha manhã!
Em vez das mágoas de agora,
Eu tinha nessas delícias
De minha mãe as carícias
E beijos de minha irmã!

Livre filho das montanhas,
Eu ia bem satisfeito,
Da camisa aberta o peito,
— Pés descalços, braços nus —
Correndo pelas campinas
A roda das cachoeiras,
Atrás das asas ligeiras
Das borboletas azuis!

Naqueles tempos ditosos
Ia colher as pitangas,
Trepava a tirar as mangas,
Brincava à beira do mar;
Rezava às Ave-Marias,
Achava o céu sempre lindo.
Adormecia sorrindo
E despertava a cantar!

(De Abreu, [s.d.], *online*)

O poema de Casimiro de Abreu apresenta certa nostalgia, em certos versos, porém, caro estudante, atente-se para o fato de que o que realmente prioriza é a "aurora da vida", sendo permeada de amor, sonhos, flores, bananeiras e laranjais. O eu lírico tem noção de que essa fase jamais voltará.

Como um representante do romantismo brasileiro, *Meus oito anos* captura a ênfase na subjetividade, na emoção e na conexão com a natureza, características centrais desse movimento literário. O poema permanece como um exemplo eloquente da capacidade da poesia de evocar sentimentos profundos e duradouros.

Eu lírico, também chamado de **eu poético** ou **sujeito lírico**, é a nomenclatura utilizada para indicar a voz que enuncia o poema. É uma construção literária que representa a voz que fala dentro do poema ou texto. É a entidade fictícia que expressa emoções, pensamentos, opiniões e experiências no contexto da obra. O eu lírico não deve ser confundido com o autor real. Pode ser uma representação dele, mas também pode ser um personagem imaginário, uma voz narrativa ou um ponto de vista literário criado para comunicar as ideias e sentimentos contidos no poema. Não confunda com autor. Este é a pessoa real que escreveu o texto. É o indivíduo por trás da obra, responsável por conceber, desenvolver e produzir o conteúdo literário. O autor pode ter sua própria identidade, experiências, perspectivas e estilo de escrita. Ele é o criador da história, personagens e sentimentos expressos no texto. Em muitos casos, pode ser uma figura pública ou privada, conhecida ou desconhecida.

A terceira fase fala sobre a idealização do passado **e do amor platônico**, momento em que a idealização do passado e do amor platônico se tornaram proeminentes. Os poetas românticos frequentemente buscavam inspiração em épocas históricas anteriores e exploravam a natureza efêmera e inatingível do amor. Os temas centrais eram a idealização do passado, o amor platônico, o escapismo, a nostalgia, o sonho e a fantasia. A fase conhecida como **geração condoreira** é parte da terceira geração romântica no Brasil, abrangendo o período entre 1870 e 1880. Ela recebe esse nome devido à sua associação com a liberdade e uma perspectiva ampla, semelhante às características do condor, a majestosa ave que habita a Cordilheira dos Andes.

Durante esse intervalo, a literatura brasileira é notavelmente influenciada pelo renomado escritor francês Victor-Marie Hugo (1802-1885), levando a essa fase a alcunha de **geração hugoana**.

Antônio Frederico de Castro Alves (1847-1871), renomado literato baiano da terceira geração do romantismo, ganha destaque por sua distinta contribuição. Apelidado de "Cantor da Liberdade", Castro Alves demonstra em sua obra uma poesia que se ramifica em duas vertentes: a lírico-amorosa e a social.

Dentro desse contexto, merecem destaque obras como *O navio negreiro* (1869), *Espumas flutuantes* (1870), *A cachoeira de Paulo Afonso* (1876) e *Os escravos* (1883).

4.2.1 Primeira fase do romantismo – indianismo ou nacionalismo (1836-1852)

Como dissemos anteriormente e, de acordo com Bosi (2006), foi com a publicação de *Suspiros poéticos e saudades* por Gonçalves de Magalhães em 1836 que o romantismo, junto a sua primeira fase, teve sua introdução no Brasil. Esse período é caracterizado por temas centrais como o nacionalismo e o indianismo, além de uma abordagem mais discreta à temática amorosa.

Entretanto Moisés (2001) destaca que essa fase representa um período de transição, em que "o primeiro momento romântico presenciou a instauração de padrões novos de cultura e a continuidade de velhos, que teimavam em persistir". Assim, coexistiam influências neoclássicas, baseadas na estética árcade, junto a novos temas como a saudade, a atmosfera noturna e a poesia de cunho americanista.

4.2.1.1 Gonçalves Dias

Segundo Moisés (2001), Gonçalves Dias se destacou como o pioneiro poeta brasileiro genuíno, no sentido de não aderir ao lusitanismo, além de ser o primeiro a abraçar o romantismo. Em contraste com Magalhães, Dias não foi influenciado pelo neoclassicismo, e, para ele, "a emoção é a essência, mas uma emoção conduzida pela inteligência e pelo apreço pelo bom gosto" (Moisés, 2001). Leia o prefácio de *Primeiros cantos*:

> Dei o nome de Primeiros cantos às poesias que agora publico, porque espero que não serão as últimas. Muitas delas não tem uniformidade nas estrofes, porque menosprezo regras de mera convenção; adotei todos os ritmos da metrificação portuguesa, e usei deles como me pareceram quadrar melhor com o que eu pretendia exprimir. Não tem unidade de pensamento entre si, porque foram compostas em épocas diversas – debaixo de céu diverso – e sob a influência de impressões momentâneas [...] Com a vida isolada que vivo, gosto de afastar os olhos de sobre a nossa arena política para ler em minha alma, reduzindo à linguagem harmoniosa e cadente o pensamento que me vem de improviso, e as ideias que em mim desperta a vida de uma paisagem ou do oceano – o aspecto enfim da natureza (Dias, 1847 *apud* Abdala JR.; Campedelli, 1986).

José de Alencar e Dias desempenharam um papel crucial na solidificação do romantismo. Não somente contribuíram para estabelecer uma literatura nacional, mas também se destacaram pela magnitude de seu lirismo. De acordo com Candido (2000), esse lirismo era caracterizado pelo equilíbrio entre a medida e a intensidade, algo notável em uma época em que tanto a forma quanto o conteúdo frequentemente extravasavam os limites. O prefácio acima não foi colocado aqui sem razão, pois percebemos nele que Dias antecipou possíveis críticas ao expor seu estilo.

Há diversas temáticas que Gonçalves Dias aborda e, dentre elas, apontamos duas das principais: o nacionalismo e o indianismo, mais recorrentes da primeira fase. *Canção do exílio* está contida em quase todos os livros didáticos de literatura pelo fato de ser um poema que entrega os propósitos da primeira fase romântica.

Canção do exílio

Minha terra tem palmeiras,
Onde canta o Sabiá;
As aves, que aqui gorjeiam,
Não gorjeiam como lá.

Nosso céu tem mais estrelas,
Nossas várzeas têm mais flores,
Nossos bosques têm mais vida,
Nossa vida mais amores.

Em cismar, sozinho, à noite,
Mais prazer encontro eu lá;
Minha terra tem palmeiras,
Onde canta o Sabiá.

Minha terra tem primores,
Que tais não encontro eu cá;
Em cismar – sozinho, à noite –
Mais prazer encontro eu lá;
Minha terra tem palmeiras,
Onde canta o Sabiá.

Não permita Deus que eu morra,
Sem que eu volte para lá;
Sem que desfrute os primores
Que não encontro por cá;
Sem qu'inda aviste as palmeiras,
Onde canta o Sabiá

(Dias, 1843 *apud* Abdala Jr.; Campedelli, 1986, p. 85).

A *Canção do exílio*, escrita pelo poeta em questão em julho de 1843, remonta o período em que ele estava cursando Direito em Coimbra, Portugal.

Ela é reconhecida como uma composição lírica e foi incluída na coletânea *Primeiros cantos*, publicada em 1846. Uma característica intrigante do poema é que ele apresenta observações sobre o Brasil contrastado com Portugal, porém não menciona os nomes dessas nações. A orientação geográfica dentro do poema é estabelecida pelos advérbios "lá", "cá" e "aqui", os quais são interpretados de acordo com a posição do autor.

Para obter uma compreensão total da *Canção do exílio* é necessário compreender o significado do termo "exílio", entender o contexto histórico em que o poema foi redigido e reconhecer sua relevância para a cultura brasileira. O exílio se refere à situação em que uma pessoa se encontra afastada de sua terra natal, onde preferiria estar. Esse afastamento pode ocorrer de maneira forçada, quando alguém é obrigado a deixar o país, ou de forma voluntária, quando a pessoa decide partir por vontade própria. Isso é exemplificado por Gonçalves Dias, que escolheu ir para Portugal para estudar, vivenciando assim um tipo de exílio físico e geográfico em relação ao Brasil.

A *Canção do exílio* foi redigida durante o início do período Romântico no Brasil, marcado pelo fervor nacionalista decorrente da Independência em 1822. Esse evento representou a ruptura política, econômica e social com Portugal. Consequentemente, o poema de Gonçalves Dias expressa sentimentos de patriotismo, saudade e um apreço pela terra natal do poeta. Além disso, ele sutilmente apresenta uma visão implícita de certas características portuguesas como inferiores em comparação com as brasileiras.

Apresentando notáveis traços do movimento romântico, a *Canção do exílio*, especialmente no que concerne à subjetividade manifestada pelo eu lírico, experimenta um sentimento de saudade por sua pátria e aspira ao seu retorno. Outras características meritórias são delineadas a seguir:

- Um forte sentimento de patriotismo – nacionalismo.
- Utilização de uma linguagem marcada pela simplicidade.

- Predomínio do individualismo por meio da expressão de sentimentos particulares.
- Presença de musicalidade resultante da métrica e das rimas empregadas
- Demonstração de ufanismo na idealização do Brasil, notadamente em sua descrição da natureza
- Emprego de redondilhas maiores, com rimas perfeitamente ajustadas nos versos pares, e ausência de rima nos demais versos.

4.2.2 Segunda fase do romantismo – ultrarromântica (1853-1870)

De acordo com Moisés (2001), a segunda etapa do movimento romântico tem início em 1853 com a publicação da obra *Obras poéticas* de Álvares de Azevedo, e se encerra em 1870, quando Castro Alves lança *Espumas flutuantes* e inaugura a terceira fase. Essa fase é tradicionalmente reconhecida como ultrarromântica, byroniana e também está marcada pelo que se denomina mal do século, período que agrega uma variedade de princípios que estavam entrando em declínio na Europa do século XVIII.

4.2.2.1 *Álvares de Azevedo*

Álvares de Azevedo (1831-1852) destacou-se como um poeta, escritor e contista pertencente à segunda geração romântica brasileira. Suas poesias são reflexo do seu universo interior. Ele ficou conhecido como "o poeta da dúvida". Diferenciou-se dos poetas da primeira geração romântica, que davam maior ênfase a temas nacionalistas e indianistas, ao priorizar um profundo dilema e angústia em suas composições.

De acordo com Abdala Jr. e Campedelli (1986), na *Lira dos vinte anos*, única obra que Azevedo conseguiu elaborar e publicar, identificam-se dois poetas distintos: um que adota um tom suave, suavizando assim a perspectiva lírica; e outro, de caráter agressivo, satânico, debochado e macabro, que percebe a realidade e a própria vida como monótonas.

Primeira Parte
No mar

Les étoiles s'allument au ciel, et la brise du soir erre doucement parmi les fleurs: rêvez, chantez et soupirez

GEORGE SAND

Era de noite: — dormias,
Do sonho nas melodias,
Ao fresco da viração,
Embalada na falua,
Ao frio clarão da lua,
Aos ais do meu coração!
Ah! que véu de palidez

(Azevedo, 1996, p.1).

Na estrofe, a mulher amada está em sono, enquanto ele a contempla e solta suspiros. A amada é pálida e exala inocência, o que nem sempre acontece nas obras de Azevedo. A mulher, na peça *Macário*, é descrita como uma prostituta de baixo nível.

De tanta inspiração e tanta vida
Que os nervos convulsivos inflamava
E ardia sem conforto...
O que resta? Uma sombra esvaecida,
Um triste que sem mãe agonizava...
Resta um poeta morto!

Morrer! E resvalar na sepultura,
Frias na fronte as ilusões – no peito
Quebrado o coração

(Azevedo, 1853 *apud* Heller; Brito; Lajolo, 1982, p. 29).

Bosi (2006) destaca a relevância de ler a obra desse poeta, afirmando que, segundo ele, esse escritor foi o mais significativo de sua época, mesmo nos tempos atuais, a precocidade genial de Álvares de Azevedo continua a impressionar (Moisés, 2001).

4.2.2.2 Casimiro de Abreu

Casimiro de Abreu (1839-1860) é reconhecido como um poeta brasileiro notório, sendo o autor do renomado poema *Meus oito anos*, já estudado anteriormente neste capítulo, uma das composições mais célebres da literatura nacional, que o destacou no âmbito da segunda geração romântica. Durante o ano de 1853, Casimiro dirigiu-se a Lisboa, e nesse período produziu a maioria dos poemas que compõem a sua única obra literária intitulada *Primaveras*.

VI

ROSA MURCHA.

Esta rosa desbotada
Já tantas vezes beijada,
Pálido emblema de amor;
É uma folha caída
Do livro da minha vida,
Um canto imenso de dor!

(De Abreu, 2022, p. 11).

A concepção do beijo está associada a uma sensação de sofrimento, pois o poeta descreve a rosa, frequentemente beijada, como agora sendo um emblema pálido, uma folha que caiu. Essa atmosfera de profunda aflição é notável, ampliada sobretudo pelos adjetivos "desbotada" e "caída".

4.2.3 Terceira fase do romantismo – condoreira

A terceira geração romântica no Brasil abrange o intervalo de 1870 a 1880. Ela é denominada como geração condoreira, já que foi influenciada pela liberdade e uma perspectiva mais abrangente, traços associados à ave que vive na Cordilheira dos Andes: o Condor. Inicia-se com a publicação de *Espumas flutuantes*, de Castro Alves, e finaliza com *O mulato*, de Aluísio de Azevedo, obra que dá início ao naturalismo.

4.2.3.1 *Castro Alves*

Castro Alves (1847-1871) foi um poeta brasileiro que se destacou como representante da terceira geração romântica no país. Ele é conhecido como "O Poeta dos Escravos" devido à maneira como expressou, por meio de seus poemas, a sua indignação perante as questões sociais graves da época. O poema *O Navio Negreiro*, que faz parte da obra *Os escravos*, é um evidente exemplo de poesia que provoca um impacto considerável. Vamos seguir as estrofes que vêm a seguir.

> Era um sonho dantesco...O tombadilho
> Que das luzernas avermelha o brilho,
> Em sangue a se banhar.
>
> Tinir de ferros... estalar do açoite...
> Legiões de homens negros como a noite,
> Horrendos a dançar
>
> (Alves, 1883, *apud* Lajolo; Campedelli, 1980, p. 100-101).

Essa é uma poesia de cunho abolicionista, na qual o autor explora a temática da escravidão no contexto brasileiro. A obra consiste em uma composição poética dividida em seis partes, com métrica que varia ao longo do poema, acompanhando o tópico abordado no texto. Essa abordagem confere à poesia uma coesão intrínseca entre a forma e o conteúdo.

A beleza antagônica e a vastidão do oceano e do firmamento confrontam-se com a crueldade e a carência de liberdade nos restritos porões do barco de escravizados. Parece como se toda a magnificência do oceano fosse incompatível com a escuridão que ocorre a bordo. Uma das características distintivas desse poema é o seu universalismo, em que as bandeiras e nações não têm relevância quando a viagem é guiada pela exploração ou pelo comércio. Elas somente ganham importância quando a finalidade da jornada é cruel.

4.2.3.2 Sousândrade

Joaquim de Sousa Andrade (1833-1902) foi um renomado escritor e educador brasileiro que se insere na terceira fase do movimento romântico. Ele se destacou notavelmente pela sua ousadia e autenticidade, seja por selecionar temas de cunho social, nacionalista e nostálgico, seja pelo emprego de vocabulário estrangeiro (tanto em inglês quanto de origem indígena) e criações lexicais inovadoras.

Conforme mencionado por Bosi (2006), a apreciação de sua produção literária é algo de relativa contemporaneidade. Ele fez sua estreia com *Harpas selvagens* no ano de 1858, o que o situa na segunda fase do movimento romântico. No poema *O Guesa*, podemos identificar uma estrutura que rejeita a linearidade, uma vez que se desenvolve através do vai e vem das jornadas do personagem, bem como da multiplicidade de mitos, geografias e etnias dos lugares por ele percorridos. Isso fica evidente no fragmento do *Canto V*:

> Cedinho amava o Guesa alevantar-se
> E olhando aos céus ficar, pela alma extática
> Sentindo do Oriente a transcoar-se
> Doce, nativa luz, alva, simpática!
> Partir antes do albor – leda e formosa
> Através do luar a caravana
> Com a vista a seguir, tão vagarosa
> Caminhando na pálida savana;...

(Sousândrade, 1884 *apud* Moisés, 2001, p. 528).

O poema consiste em treze cantos e encontra inspiração em uma lenda andina que narrava o sacrifício de um jovem, chamado Guesa, em homenagem aos deuses. Contudo, o indígena Guesa consegue escapar e estabelece residência em uma das vias mais emblemáticas de Nova York, a Wall Street.

Os sacerdotes que antes o perseguiam agora se transformaram em capitalistas na grande metrópole nova-iorquina, e ainda desejam o sangue de Guesa, que enxerga o capitalismo já estabelecido como uma espécie de enfermidade. O "Guesa errante" ostenta toques autobiográficos e, por meio de sua narrativa, denuncia a tragédia dos povos indígenas subjugados pela exploração dos europeus.

Observe, caro estudante, que, ao incorporar essas diferentes referências, o poeta constrói uma espécie de mosaico que representa o Novo Mundo, tudo isso em uma alternância entre sonho e paranoia. Essas expressões poéticas intensamente impactantes adquirem ainda mais força, como podemos constatar no trecho a seguir, pertencente ao *Canto X*:

(Magnético handle-organ; ring d'ursos sentenciando à pena-última o arquiteto da Farsália; Odisseu fantasma nas chamas dos incêndios d'Albion:)

– Bear... Bear é ber'béri, Bear... Bear...

= Mammumma, mammumma, Mammão!

– Bear... Bear... ber'... Pegasus...

Parnasus...

= Mammumma mammuma, Mammão

(Sousândrade, 1884 *apud* Moisés, 2001, p.528-529).

De acordo com Moisés (2001, p. 528), esses versos representam "uma expressão poética altamente intensa, impregnada pela exaltação de uma ideia delirante, de caráter diabólico, como se os versos fossem criados em meio a um cenário de loucuras apocalípticas".

4.3 Prosa romântica: emoção, realismo fantástico e as narrativas do coração

A ascensão do gênero literário romance ocorre no período do romantismo, consolidando-se como uma preferência entre os leitores. Esse movimento tem início com os folhetins, que cativam a atenção dos leitores ao longo de dias, semanas e até meses. Existem casos de obras folhetinescas que mantiveram a sua publicação por anos, sem que o interesse do público diminuísse; ao contrário, havia uma crescente expectativa para conhecer o desfecho da história, independentemente do tempo de espera necessário.

De acordo com a observação de Bosi (2006), a categorização romance, mesmo buscando estruturar a análise do desenvolvimento deste gênero, não deve ser interpretada como uma abordagem evolucionista rigidamente sequencial. Isso porque as mudanças que ocorreram em nosso país não ocorreram de forma uniforme em todas as regiões. Portanto, tal abordagem "não consegue capturar os distintos tempos culturais vivenciados pela cidade e pelo campo, pela corte e pela província". Vejamos, então, as características pedagogicamente classificadas para melhor visualizarmos as classificações de cada autor/obra:

Quadro 4.1 - Classificação dos romances brasileiros no século XIX

Classificação	Assunto	Obras
1- Romance indianista	Lembre-se de que ele surge como uma expressão literária marcada pela busca da identidade nacional brasileira e pelo culto à natureza exuberante do país. Caracterizado por narrativas que retratam cenários exóticos e personagens indígenas, frequentemente apresentados como heróis que resistem à colonização.	*O guarani* (1857), *Iracema* (1865) e *Ubirajara* (1874), de José de Alencar.

ROMANTISMO

2 - Romance urbano	Ele emerge como uma vertente literária focada na vida nas cidades, refletindo as transformações sociais e culturais da época. Explora as experiências e dilemas das personagens em ambientes urbanos, abordando temas como a modernização, a divisão de classes e os conflitos individuais. Por meio de narrativas ambientadas nas metrópoles, busca capturar a complexidade da vida citadina, explorar os contrastes entre tradição e modernidade, proporcionando uma visão multifacetada do contexto urbano do período.	*Memórias de um sargento de milícias* (1852-1853), de Manuel Antônio de Almeida; *Cinco minutos* (1856), *Lucíola* (1862), *Senhora* (1874) e *Encarnação* (1893), todas de José de Alencar.
3 - Romance histórico	Combina a busca pelo passado com a liberdade artística levando os leitores para épocas passadas, envolvendo eventos históricos reais ou personagens emblemáticos. Não apenas recria cenários e contextos, mas também oferece uma lente através da qual se podem explorar questões sociais, políticas e culturais. Dessa forma, ele não apenas entretém, mas também permite uma reflexão profunda sobre o passado e suas conexões com o presente.	*As minas de prata* (1865-1866) e *A guerra dos mascates* (1873), ambas de José de Alencar; *Lendas e romances* (1871) e *Histórias e tradições da Província de Minas Gerais* (1876), de Bernardo Guimarães; *O matuto* (1878) e *Lourenço* (1878), de Franklin Távora.
4 - Romance regionalista	Apresenta-se como uma expressão literária que direciona o foco para as particularidades culturais e sociais de regiões específicas. Por meio da exploração de tradições, costumes e ambientes locais, esses romances buscam retratar a identidade e a singularidade das comunidades regionais. Ao capturar a essência de diferentes áreas geográficas, o romance regionalista contribui para a formação de um panorama multifacetado da nação, destacando a diversidade cultural e os aspectos peculiares das várias regiões do país.	*O gaúcho* (1870) e *O sertanejo* (1875), de José de Alencar; *Inocência* (1872), de Visconde de Taunay; *O cabeleira* (1876), de Franklin Távora.

LITERATURA BRASILEIRA

4.4 Principais nomes da prosa romântica

4.4.1 José de Alencar

José de Alencar (1829-1877) destacou-se como romancista, dramaturgo, jornalista, advogado e político brasileiro. Ele é reconhecido como um dos mais proeminentes expoentes do movimento literário indianista e é considerado o principal romancista da fase romântica brasileira.

O romance *O guarani* foi inicialmente veiculado em folhetins no jornal Diário do Rio de Janeiro em 1857, e ainda no mesmo ano, foi publicado como um volume completo. A trama narra a história de amor entre o indígena Peri e a mulher branca Cecília, a protagonista da narrativa, que carinhosamente é chamada de Ceci pelo herói da história. Leia um trecho:

A tarde ia morrendo.

O sol declinava no horizonte e deitava-se sobre as grandes florestas, que iluminava com os seus últimos raios.

A luz frouxa e suave do ocaso, deslizando pela verde alcatifa, enrolava-se como ondas de ouro e de púrpura sobre a folhagem das árvores.

Os espinheiros silvestres desatavam as flores alvas e delicadas; e o ouricuri abria as suas palmas mais novas, para receber no seu cálice o orvalho da noite. Os animais retardados procuravam a pousada; enquanto a juriti, chamando a companheira, soltava os arrulhos doces e saudosos com que se despede do dia.

Um concerto de notas graves saudava o pôr-do-sol, e confundia-se com o rumor da cascata, que parecia quebrar a aspereza de sua queda, e ceder à doce influência da tarde.

Era a Ave-Maria.

(Alencar, [s. d.], p. 37, 40, 47).

4.4.2 Bernardo Guimarães

Bernardo Guimarães (1825-1884) destacou-se como um renomado romancista e poeta brasileiro. Ele cursou Direito em São Paulo e posteriormente atuou como juiz municipal na cidade de Catalão, em Goiás. Embora tenha estreado como poeta com *Cantos da solidão*, foi como romancista que alcançou notoriedade e reconhecimento. Sua obra mais famosa é o romance *A escrava Isaura*.

Isaura é resultado da união entre uma escravizada e um capataz português. Sua condição de pele branca não a poupou da condição de cativa, mas sua beleza chamou a atenção da proprietária da casa, e ela foi criada distante da senzala, com cuidado, carinho e uma boa educação. Após o falecimento dos donos, Isaura não foi libertada como desejava sua senhora, e ela se tornou objeto da paixão obsessiva do herdeiro Leôncio, que não hesitará em usar todos os meios — inclusive a violência — para seduzir a jovem desafortunada. Diante dessa situação, Isaura e seu pai não enxergam outra alternativa a não ser fugir da propriedade rural.

O proprietário da residência onde Isaura veio ao mundo era o comendador Almeida; a jovem foi criada pela esposa do comendador, uma mulher de coração generoso que a educou e tinha o desejo de emancipá-la. Isaura desenvolveu competências em leitura, redação, piano e adquiriu proficiência em falar italiano e francês.

> - Mas, senhora, apesar de tudo isso, que sou eu mais do que uma simples escrava? Essa educação, que me deram, e essa beleza, que tanto me gabam, de que me servem?... são trastes de luxo colocados na senzala do africano. A senzala nem por isso deixa de ser o que é: uma senzala.
> - Queixas-te da tua sorte, Isaura?...

- Eu não, senhora; não tenho motivo... o que quero dizer com isto é que, apesar de todos esses dotes e vantagens, que me atribuem, sei conhecer o meu lugar.

(Guimarães, 2015, p.12).

Observe que a obra estabelece uma clara distinção entre os personagens virtuosos e os personagens mal-intencionados. Um exemplo é a protagonista, Isaura, cuja beleza encantadora a torna uma figura altamente idealizada. Ela também demonstra um caráter exemplar e reserva seus sentimentos até encontrar o amor verdadeiro em Álvaro. Em contraste, o vilão, Belchior, é notável pela sua índole perversa e aparência esteticamente desagradável. Coloca-se aqui a virtude em razão da beleza como o mau-caratismo pareado com a aparência estética mal desenhada da personagem.

Analisando-se a obra, em geral, é possível reconhecer características da prosa romântica, como o uso exagerado de sentimentos, a narrativa idealizada dos costumes da época. Além disso, nesse contexto, o romance se mostra inovador ao trazer à tona o tema da escravidão pela primeira vez, uma abordagem revolucionária que difere dos movimentos de Independência, que optaram por deixar de lado essa faceta da cultura colonial.

No entanto, como se percebe, o negro ainda não assume o papel de vítima central desse contexto, enquanto Guimarães parece demonstrar maior compaixão por Isaura devido à sua condição de escravizada branca. Dessa maneira, a fim de tornar a abordagem das injustiças ocasionadas pela escravidão mais empática, nesse ponto, é inserido um personagem branco (mesmo sendo mestiço) que enfrenta as consequências desse sistema.

4.5 Guia de aprendizagem

1) Observe o fragmento:

> Apesar de bastante descorada e um tanto magra, era Inocência de beleza deslumbrante.
>
> Do seu rosto irradiava singela expressão de encantadora ingenuidade, realçada pela meiguice do olhar sereno que, a custo, parecia coar por entre os cílios sedosos a franjar-lhe as pálpebras, e compridos a ponto de projetarem sombras nas mimosas faces.
>
> Era o nariz fino, um bocadinho arqueado; a boca pequena, e o queixo admiravelmente torneado.
>
> Ao erguer a cabeça para tirar o braço de sob o lençol, descera um nada a camisinha de crivo que vestia, deixando nu um colo de fascinadora alvura, em que ressaltava um ou outro sinal de nascença.
>
> Razões de sobra tinha, pois, o pretenso facultativo para sentir a mão fria e um tanto incerta, e não poder atinar com o pulso de tão gentil cliente.
>
> —Então? perguntou o pai.
>
> —Febre nenhuma, respondeu Cirino, cujos olhos fitavam com mal disfarçada surpresa as feições de Inocência.
>
> —E que temos que fazer?
>
> —Dar-lhe hoje mesmo um suador de folhas de laranjeira da terra a ver se transpira bastante e, quando for meia-noite, acordar-me para vir administrar uma boa dose de sulfato.
>
> (Taunay, [s.d.], p. 24, 27).

Inocência relata a história do amor proibido que se desenvolve entre Inocência, uma jovem e ingênua moça (conforme sugere seu nome), e Cirino, um aprendiz de farmacêutico. Como traços da prosa romântica, presentes na obra de Taunay, podemos destacar:

I- A caracterização da nossa heroína, que surge na narrativa de maneira idealizada, é retratada como uma jovem de beleza singular.

II- Ainda que a representação da personagem possa se afastar ligeiramente do arquétipo da mulher sertaneja, é apropriado reconhecê-la como uma genuína "heroína cabocla". Sua beleza reflete as nuances de nossa miscigenação por meio do contraste entre seus cabelos de tonalidade escura e a palidez de sua pele.

III- O *locus* da história remonta o classicismo de forma a fugir do caos da cidade e pode-se verificar isso no próprio título que sugere um amor menos intenso.

Estão corretas:

a) I e III, apenas.

b) II e III, apenas.

c) I, II, apenas.

d) I, II e III.

2) (Consulplan – 2022) Sobre a caracterização dos estilos literários, pode-se afirmar que em relação ao romantismo no Brasil:

a) A linguagem informal, linguagem simples próxima do coloquial, alcança valorização.

b) O romance brasileiro daquele período não tinha compromisso como o contexto histórico de sua época.

c) A crítica à burguesia predominava na prosa ficcional romântica refletindo a presença da denúncia na Literatura.

d) A influência europeia foi fundamental para o início do romantismo no Brasil com todas as características advindas dos escritores portugueses.

3) (Fuvest) Poderíamos sintetizar uma das características do romantismo pela seguinte aproximação de opostos:

a) Aparentemente idealista, foi, na realidade, o primeiro momento do naturalismo literário.

b) Cultivando o passado, procurou formas de compreender e explicar o presente.

c) Pregando a liberdade formal, manteve-se preso aos modelos legados pelos clássicos.

d) Embora marcado por tendências liberais, opôs-se ao nacionalismo político.

e) Voltado para temas nacionalistas, desinteressou-se do elemento exótico, incompatível com a exaltação da pátria.

4) (UFRR) A obra romanesca de José de Alencar introduziu na literatura brasileira quatro tipos de romances: indianista, histórico, urbano e regional. Desses quatro tipos, os que tiveram sua vida prolongada, de forma mais clara e intensa, até o modernismo, ainda que modificados, foram:

a) Indianista e histórico.

b) Histórico e urbano.

c) Urbano e regional.

d) Regional e indianista.

e) Indianista e urbano.

4.6 Literatura na tela

A escrava Isaura (1949) – dirigido por Eurides Ramos e baseado na obra de Bernardo Guimarães, o filme conta a história de Isaura, uma bela moça filha de um capataz com uma escravizada negra, o que a torna cativa também.

A escrava Isaura (1949). Direção: Eurides Ramos. Produzido no Brasil e distribuído pela Companhia Cinematográfica Vera Cruz.

Capítulo 5

DA REALIDADE À ESSÊNCIA

TRAJETÓRIA DO REALISMO AO SIMBOLISMO NA LITERATURA

Estimado estudante, sabe aquele vaivém que estudamos na literatura em que uma escola retoma outra trazendo algumas novidades ou refuta a anterior? Vimos que o romantismo tentou quebrar essa tradição no mundo com uma revolução literária, fazendo com que a arte fosse sinônimo de inspiração do artista, e não de regras engessadas que devessem ser seguidas. Isso mudou a forma de se construir o artístico.

No Brasil, as amarras ainda não tinham sido rompidas. Veja que, mesmo tentando fazer uma literatura genuinamente brasileira, trazendo o indígena como tema central, por ser nativo, a forma que o descreveram, muitas vezes estereotipados de forma unidimensional, sem profundidade ou complexidade. Eles podiam ser retratados como heróis trágicos ou como figuras passivas que necessitavam da intervenção ou proteção dos protagonistas europeus.

As escolas realistas buscam outro parâmetro. O realismo surgiu no século XIX como um movimento literário e artístico, buscando a representação fiel e precisa da realidade, retratando a sociedade e seus aspectos de maneira objetiva e sem idealizações. Os escritores e artistas realistas procuravam observar e descrever detalhadamente o cotidiano, as classes sociais, os conflitos humanos e as nuances psicológicas dos personagens, muitas vezes enfatizando a crítica social e o questionamento das estruturas sociais e morais. Valorizavam-se a pesquisa, a análise psicológica e a observação direta, rompendo com as convenções românticas e promovendo uma visão mais sóbria e crítica da sociedade e da condição humana.

Pense conosco: como valorizar a pesquisa em detrimento das licenças poéticas ou fazer uma análise psicológica dentro de uma obra literária? Pedimos aqui uma licença para sairmos um pouco do nosso foco no Brasil e viajarmos para a literatura inglesa. Você já ouviu falar em Mary Shelley? Se não, provavelmente conhece sua obra *Frankenstein; or, The Modern Prometheus*, que, apesar de ser considerada romântica, traz esses traços de psicologia e crítica a uma sociedade que está se voltando contra os valores religiosos e abrindo espaço para o progresso científico.

Figura 5.1 - Frankenstein

Shelley, M. *Frankenstein*, Porto Alegre: L&PM, 1997.

Apesar de não falar explicitamente da criatura criada por Frankenstein, a autora mostra algumas situações constrangedoras que a criatura faz seu criador passar. Pode-se inferir, talvez, que a análise psicológica do ser, que nem batizado fora, ressente-se de seu "pai", que o abandonara ao "nascer", ou ser criado.

Uma crítica à grande corrida científica na busca por soluções médicas por meio da ciência. No entanto, voltando ao nosso enfoque – que é a literatura brasileira –, as críticas são mais fortes no realismo. A escola busca fazer o leitor pensar criticamente a política do país, pois, mesmo depois da independência, continua preterindo seus cidadãos e dando oportunidades ao estrangeiro. O que é ser independente?

Sobre os escravizados recém-libertos, sem direito a serem reconhecidos como parte da sociedade, mas um fardo que não se sabe o que fazer. Deixaram mesmo de ser escravizados? Foram colocados como objetos baratos e mão de obra de baixo valor?

A mulher deixou o trabalho do lar para fazer parte da chefia da casa, quando provedora, substimada pelo homem, ou auxiliadora dos ganhos domésticos que, enquanto do sexo feminino, sofre com a interferência masculina que sempre fora o chefe da família. Abrem-se, portanto, as cortinas e aquele endeusamento feminino na literatura passa a mostrar a realidade dos fatos: para a sociedade da época, o indígena não servia para nada, o ex-escravizado sofre as consequências de ter deixado a senzala e o casamento não é uma maravilha a ser contada nos livros.

Objetivos deste capítulo:

- Compreender as mudanças culturais e históricas que influenciaram a transição entre esses movimentos literários.
- Explorar as mudanças estilísticas e técnicas que caracterizam a transição do realismo ao simbolismo na literatura brasileira.

- Identificar os temas recorrentes na transição do realismo ao simbolismo no Brasil.
- Explorar como as visões de mundo evoluíram durante esse período histórico.

5.1 Realismo no Brasil: retratos sociais, crítica e a busca pela verossimilhança

Segundo Massaud Moisés (2001, p. 11), o romantismo, por não ter conseguido incorporar completamente os princípios da Revolução Francesa e as vanguardas do pensamento científico do século XVIII, concentrou-se na celebração das emoções e da natureza. Esses temas e preocupações podem ser identificados em obras de escritores como Gonçalves Dias e Álvares de Azevedo, entre outros, na literatura brasileira.

Ainda segundo Moisés (2001), do ponto de vista artístico, as raízes do realismo podem ser rastreadas até as artes plásticas. Em 1850-51, o pintor francês Gustave Courbet apresentou a obra *Enterro em Ornans*, que causou escândalo e, consequentemente, foi excluída da Exposição Universal de 1855. Em resposta a isso, Courbet organizou sua própria exposição e, no catálogo de apresentação, fez uma declaração que esclarece parte dos objetivos da estética realista: "o seu objetivo consistia em traduzir os costumes, as ideias, o aspecto de [sua] época segundo [sua] apreciação, em suma, fazer arte viva" (Moisés, 2001, p. 12).

Como sabemos, então, o realismo é um movimento literário e artístico que se difundiu por todo o Brasil, especialmente no final do século XIX e início do século XX. É importante saber que esse período foi marcado por uma série de acontecimentos históricos que tiveram um impacto significativo no contexto cultural e social do país.

Um dos acontecimentos mais emblemáticos desse período foi a aprovação da Lei Áurea em 1888, que aboliu oficialmente a escravidão no Brasil. Esse marco histórico é o resultado de décadas de luta do movimento abolicionista que teve um impacto profundo na sociedade, libertando milhares de pessoas escravizadas e melhorando o impacto econômico e social do país.

Houve nesse período, também, a Proclamação da República (1889), que marcou o fim do Império Brasileiro e o início da era Republicana. O realismo testemunhou a transição de uma monarquia para uma república, provocando mudanças profundas na estrutura governamental e no sistema político do Brasil. Além disso, o país passou por um processo de urbanização e industrialização. As cidades cresceram rapidamente e a industrialização começou a transformar a economia do país.

Este cenário de mudança econômica e social refletiu-se nas suas obras realistas que abordam temas como a urbanização, o trabalho fabril e a desigualdade social cresceu galopantemente, coincidindo com o surgimento de grandes movimentos sociais e políticos em que classe operária começou a se organizar em sindicatos surgindo movimentos trabalhistas e anarquistas exigindo melhores condições de trabalho e direitos para os trabalhadores.

A era do realismo também viu mudanças nos sistemas educacional e cultural brasileiros, tendo sido feitos esforços para modernizar o ensino através da criação de escolas públicas e da promoção do acesso à educação, mesmo que para uma classe social distinta das outras. Além disso, a cultura brasileira viveu um período de renovação com a produção de obras literárias e artísticas que tratavam de temas realistas e contemporâneos, sendo a era do realismo no Brasil um período de profundas mudanças e transformações sociais, políticas e econômicas.

Esses acontecimentos históricos contribuíram significativamente na formação das preocupações e dos temas de escritores e artistas realistas que buscavam retratar a realidade brasileira da época de forma crua e objetiva, moldando assim a cultura do país.

Caro estudante, atente-se para o fato de que o realismo, como movimento literário e artístico, concentrou-se fortemente na representação dos aspectos sociais da época. Nesse quesito, o que há de mais importante a se compreender e você lerá bastante nesta unidade é que os escritores realistas tinham como objetivo retratar a realidade social, política e econômica de maneira crua e objetiva, evitando idealizações e romantizações. Em suas obras, exploravam temas que abrangiam as condições de vida da classe trabalhadora, a desigualdade social, a corrupção política e as injustiças presentes na sociedade.

Ademais, o realismo também se destacou por sua crítica social, expondo as contradições e hipocrisias da sociedade por meio de personagens e situações que refletiam a realidade vivida. Questionavam as estruturas estabelecidas e instigavam reflexões sobre os problemas sociais existentes, visando despertar uma consciência crítica nos leitores.

Para isso acontecer de forma clara e concisa, a busca pela verossimilhança representou um dos princípios centrais do realismo. Os escritores empenhavam-se em criar obras que fossem verossímeis, ou seja, que retratassem a realidade de forma convincente. Valorizavam a observação direta da vida cotidiana, conduzindo minuciosas pesquisas e buscando detalhes precisos para conferir autenticidade às narrativas. A verossimilhança era fundamental para que os leitores se identificassem com as histórias e se sentissem imersos na realidade representada.

5.1.1 Situação histórica e características

O reconhecimento da Lei Áurea em 1888 teve grande impacto na sociedade brasileira do século XIX. A abolição da escravatura foi um marco histórico, marcando o fim da escravidão no país. Esse evento teve profundas implicações sociais, econômicas e políticas. Do ponto de vista social, a Lei Áurea trouxe liberdade a milhares de escravizados. Esta conquista representa um reconhecimento dos direitos humanos e uma valorização da igualdade.

No entanto, a emancipação dos escravizados também trouxe desafios como a integração dessas pessoas na sociedade e a superação de desigualdades sociais profundas além de ter despontado um enorme efeito econômico. O sistema econômico baseado no trabalho escravo teve de ser reconstruído e muitos setores da economia estavam tendo dificuldades em se ajustar. A transição para o emprego dependente foi um processo complexo que envolveu mudanças nas relações de trabalho e nas estruturas de produção.

A abolição da escravatura também teve implicações políticas. O movimento abolicionista ganhou impulso ao longo do século XIX e ajudou a facilitar a aprovação de leis. O evento marcou o fim do Império Brasileiro e o início da Era Republicana, trazendo mudanças políticas e debates sobre cidadania e direitos civis.

No final do século XIX, a urbanização e a industrialização tiveram um papel crucial na transformação das sociedades em todo o mundo, provocando mudanças profundas na organização das comunidades e na forma como as pessoas viviam. A urbanização envolveu o crescimento das cidades à medida que as pessoas abandonavam áreas rurais em busca de oportunidades de emprego nas indústrias urbanas em expansão, resultando em centros urbanos cada vez maiores com novos desafios sociais.

A industrialização trouxe inovações tecnológicas e o surgimento de fábricas, estimulando a produção em massa e a economia de mercado, mas também trouxe condições de trabalho desafiadoras, muitas vezes marcadas por longas jornadas, baixos salários e falta de regulamentação. A industrialização no Brasil foi mais lenta e menos intensiva do que em países como os Estados Unidos e a Inglaterra. A economia brasileira ainda estava fortemente baseada na agricultura, com a produção de café dominando a exportação.

Diversos movimentos sociais e políticos foram importantes na configuração da sociedade e na busca por mudanças. O abolicionismo, que já falamos, o movimento republicano que questionou a monarquia, levando à Proclamação da República em 1889, os movimentos operários e anarquistas que emergiram, buscando melhores condições de trabalho e direitos dos trabalhadores. Todos movimentos que contribuíram para transformar o Brasil em uma nação mais inclusiva e democrática no século XX.

Em resumo, para se compreender o período estudado, devemos saber como estudantes de literatura que a Lei Áurea além de ter marcado o fim da escravidão, deu o início à busca por igualdade e direitos humanos no Brasil. No entanto, trouxe desafios sociais, econômicos e políticos, assim como a urbanização e a industrialização. Portanto, os movimentos sociais e políticos, de grande importância e valor para nossa sociedade, foram fundamentais na construção de uma sociedade mais inclusiva e democrática, moldando a história e identidade do país.

5.1.2 A prosa realista

O realismo, escola literária predominante nos anos de 1881 a 1902, não obteve êxito em absorver todos os ideais da Revolução Francesa e "as manifestações vanguardeiras do espírito científico setecentista" (Moisés, 2001, p. 11). Por esse motivo, reservou-se a cultuar os sentimentos e a natureza. Sendo assim, para adentrarmos no campo do realismo no Brasil (1881-1893), antes de discutirmos as suas particularidades, é essencial mencionar brevemente o sistema literário, conceituado por Antonio Candido.

O crítico entende o sistema como a "organização dos elementos que constituem a atividade literária regular" (Candido, 1999, p. 15). Em resumo, para haver uma sistematização literária, é preciso ter autores e meios que possibilitem a interação entre eles, criando assim uma vida literária; além disso, é necessário ter um público leitor, seja ele restrito ou não, capaz de ler essas obras e, por fim, uma tradição que reconheça obras e autores anteriores.

A prosa realista, especialmente o romance, critica o romance romântico que se concentra principalmente no casamento e nos eventos que o levam a acontecer. Por outro lado, o romance realista concentra-se na situação resultante do casamento, não na suposta felicidade burguesa, mas sim na degeneração encoberta pelas instituições.

Madame Bovary, conhecido romance de Gustave Flaubert, ilustra claramente essa afirmação: apesar de aparentar ser um casamento romântico, o tédio e a insatisfação da protagonista com a vida matrimonial a levam a se tornar adúltera sendo trágico o desfecho para Emma e sua família. O romance realista busca analisar o adultério de forma científica, já que essa prática é frequente e, naquele momento, se entendia ser a causa a decadência da sociedade tendo o objetivo de expor a hipocrisia que envolve essa relação. A partir disso, o realismo questiona a falta de educação nas famílias, baseada em interesses materiais em que o dinheiro é o principal motivador de conquistas e prazeres.

Para darmos continuidade a nossos estudos, vamos abrir um parêntese para alguns termos que começaremos a utilizar e o especialista em literatura brasileira deve conhecer:

- **Narrador em primeira pessoa**: conta a história como um personagem que faz parte dela;
- **Narrador em terceira pessoa**: narra a história de forma objetiva, sem participar diretamente dos eventos;
- **Narrador onisciente**: tem conhecimento completo dos pensamentos e emoções de todos os personagens;
- **Narrador observador**: relata os eventos de forma imparcial, sem acesso aos pensamentos dos personagens;
- **Narrador-personagem**: é um personagem da história que também conta os acontecimentos. No caso de *Memórias Póstumas de Brás Cubas*, citado anteriormente, o narrador é protagonista;

- **Narrador coletivo**: representa um grupo ou comunidade que narra a história em conjunto.

5.1.2.1 Machado de Assis

Machado de Assis (1839-1908) é reconhecido como um dos maiores escritores brasileiros e precursor do realismo. Sua obra abrange diversos gêneros, explorando a psicologia dos personagens e as complexidades da sociedade do século XIX.

Dom Casmurro é um de seus trabalhos mais notáveis, destacando-se por sua prosa requintada e profundidade literária. Além de seu legado literário, Machado desempenhou um papel importante na vida cultural e intelectual do Brasil, sendo membro fundador da Academia Brasileira de Letras. Sua influência transcende a literatura, contribuindo para a identidade nacional e compreensão da sociedade brasileira.

Em *Memórias póstumas de Brás Cubas,* o narrador protagonista conta suas memórias do além-túmulo e reflete sobre a condição humana por meio de incursões psicológicas. As personagens masculinas são o foco, apresentando nuances e complexidades diferentes dos romances anteriores. Neste trecho apresentado abaixo, percebe-se que, mesmo incorporando elementos estéticos do romantismo, Machado se concentra em explorar as relações humanas, destacando gestos, descrições de ações inacabadas e uma forma de falar peculiar:

> Virgília? Mas então era a mesma senhora que alguns anos depois...? A mesma; era justamente a senhora, que em 1869 devia assistir aos meus últimos dias, e que antes, muito antes, teve larga parte nas minhas mais íntimas sensações. Naquele tempo contava apenas uns quinze ou dezesseis anos;

era talvez a mais atrevida criatura da nossa raça, e, com certeza, a mais voluntariosa. Não digo que já lhe coubesse a primazia da beleza, entre as mocinhas do tempo, porque isto não é romance, em que o autor sobredoura a realidade e fecha os olhos às sardas e espinhas; mas também não digo que lhe maculasse o rosto nenhuma sarda ou espinha, não [...] Aí tem o leitor, em poucas linhas, o retrato físico e moral da pessoa que devia influir mais tarde na minha vida; era aquilo com dezesseis anos. Tu que me lês, se ainda fores viva, quando estas páginas vierem à luz, – tu que me lês, Virgília amada, não reparas na diferença entre a linguagem de hoje e a que primeiro empreguei quando te vi?
(Assis, 1881 *apud* Abdala Jr.; Campedelli, 1986, p. 144).

Obras de Machado de Assis: *Memórias póstumas de Brás Cubas*, que inaugurou, em 1881, o realismo no Brasil, *Quincas Borba* (1891), *Dom Casmurro* (1899), *Esaú e Jacó* (1904) e *Memorial de Aires* (1908). Machado de Assis demonstrava talento polimórfico em poesia, teatro e crônica, influenciados pelo romantismo e realismo. No entanto, segundo Moisés (2001), sua poesia não refletia sua verdadeira cosmovisão, pois ele preferia a metáfora filosófica em vez de expressar seus sentimentos pessoais.

5.1.2.2 *Raul Pompeia (1863-1895)*

Raul Pompeia, nascido em 1863, foi um importante escritor e jornalista brasileiro. Sua obra mais conhecida é o romance *O Ateneu*, publicado em 1888. O livro retrata a vida de Sérgio, um jovem estudante que passa por diversas experiências marcantes em um colégio interno. Considerada uma obra-prima do realismo brasileiro, *O Ateneu* aborda temas como a formação do caráter, a opressão social e as contradições da sociedade da época. Segundo Abdala Jr. e Campedelli (1986), o romance discute os instintos, as patologias sexuais e o complexo de Édipo, transitando entre o realismo e o naturalismo, mesclando as insinuações características de Machado de Assis com as ousadias propostas pelos escritores naturalistas. No trecho a seguir, podemos observar a chegada de Sérgio ao colégio:

> De fato, os educandos do Ateneu significavam a fina flor da mocidade brasileira.
>
> A irradiação do réclame alongava de tal modo os tentáculos através do país, que não havia família de dinheiro, enriquecida pela setentrional borracha ou pela charqueada do sul, que não reputasse um compromisso de honra com a posteridade doméstica mandar dentre seus jovens, um, dois, três representantes abeberar-se à fonte espiritual do Ateneu. Fiados nesta seleção apuradora, que é comum o erro sensato de julgar melhores famílias as mais ricas, sucedia que muitas, indiferentes mesmo e sorrindo do estardalhaço da fama, lá mandavam os filhos. Assim entrei eu.
>
> (Pompeia, 1888 *apud* Abdala Jr.; Campedelli, 1986, p. 150).

Raul Pompeia teve uma vida marcada por tragédias pessoais. Aos 15 anos, perdeu a mãe e o irmão em um incêndio que consumiu sua casa. Essa experiência traumática pode ter influenciado sua visão sombria da realidade, presente em sua obra literária. Além disso, o escritor enfrentou problemas de saúde mental ao longo de sua vida, o que pode ter contribuído para sua sensibilidade artística.

Apesar de ter falecido jovem, aos 32 anos, Raul Pompeia deixou um legado significativo para a literatura brasileira. Seu estilo realista e crítico trouxe uma nova perspectiva para a narrativa brasileira da época, influenciando outros escritores e abrindo caminho para a consolidação do realismo no país. Sua obra continua sendo estudada e apreciada até os dias de hoje, fazendo de Raul Pompeia um dos grandes nomes da literatura brasileira.

5.2 Naturalismo no Brasil: a crueza da realidade e a força determinista da natureza humana

O naturalismo é um movimento literário que surgiu na Europa no final do século XIX e que teve grande influência no Brasil. Caracterizado pela abordagem crua e realista da vida, o naturalismo trouxe à tona temas como a pobreza, a violência e a sexualidade. No Brasil, essa escola literária foi marcada pela obra de autores como Aluísio Azevedo, Adolfo Caminha e Raul Pompeia. Esses escritores retrataram a sociedade brasileira da época, marcada pela desigualdade social e pelo autoritarismo.

Uma das principais características do naturalismo é o determinismo, que defende que o comportamento humano é determinado por fatores biológicos e ambientais. Assim, o homem é visto como uma criatura submetida às leis da natureza. O determinismo naturalista foi muito criticado por sua visão pessimista da vida humana, mas também foi elogiado por sua honestidade e realismo. Os naturalistas brasileiros retrataram a realidade como ela era, sem maquiagens ou idealizações.

Figura 5.2 - Fallen monarchs

William Bliss Baker, *Fallen monarchs*, 1886 / Fonte: Wikipédia (2023, *online*). Disponível em: https://pt.wikipedia.org/wiki/Ficheiro:Fallen_Monarchs_1886_by_William_Bliss_Baker.jpg. Acesso em: 5 set. 2023.

Acima, a pintura de paisagem naturalista de William Bliss Baker, um habilidoso pintor nascido nos Estados Unidos em 1859, que se destacou por retratar paisagens naturais com maestria, unindo os traços para criar uma representação realista da natureza.

5.2.1 Situação histórica, características e principais autores

Por ser uma expressão do realismo, o naturalismo tem como cenário os mesmos eventos históricos desse movimento: a Segunda Revolução Industrial, o segundo Reinado de Dom Pedro II e o Rio de Janeiro como capital do Brasil. Diversas obras naturalistas acontecem nessa cidade, como o clássico *O Cortiço*, de Aluísio de Azevedo, que vamos examinar mais tarde. Além disso, a abolição tardia da escravidão em 1888 e a Proclamação da República em 1889 são marcos importantes da história.

A teoria evolucionista de Charles Robert Darwin (1809-1882) é uma das bases do naturalismo. O cientista britânico formulou uma tese reconhecida até hoje: na natureza, sobrevive aquele que melhor se adapta ao ambiente e acompanha suas transformações. O processo de seleção natural favorece os mais aptos, não necessariamente os mais fortes, enquanto os menos aptos desaparecem.

Outra teoria valorizada pelos naturalistas é o determinismo, desenvolvida por Hippolyte Adolphe Taine (1828-1893). Como estudioso da História, Taine aplicou ideias positivistas para compreender a humanidade, analisando três fatores: ambiente, raça e contexto histórico. Segundo ele, esses elementos determinam diretamente a vida dos indivíduos e, através de sua combinação, o destino de cada pessoa é predeterminado desde o nascimento, sem possibilidade de alteração.

Nas obras naturalistas, o retrato do indivíduo revela elementos frequentemente ocultos por outros movimentos estéticos, que buscavam idealizar a representação do ser humano (como o romantismo). Émile Zola (1840-1902), autor da obra *Germinal*, que funda a tendência naturalista na literatura, revolucionou o mundo das letras ao apresentar a natureza humana com realismo e crueza nas palavras, algo inédito até então.

Uma das características marcantes do naturalismo é a análise externa das personagens, que busca traçar perfis psicológicos a partir de suas aparências físicas. Nesse sentido, é comum que o autor faça comparações zoomórficas, utilizando animais para descrever as características das personagens. Isso acontece porque, assim como os animais, as personagens são vistas como seres condicionados pelo ambiente em que vivem. Dessa forma, a análise externa torna-se uma ferramenta essencial para a compreensão do homem naturalista.

Além da análise externa das personagens, outra característica importante do naturalismo é a antropomorfização do espaço. Ou seja, o ambiente onde se passa a história é visto como um personagem em si mesmo, capaz de influenciar diretamente no comportamento dos indivíduos. Nesse sentido, o espaço é descrito com detalhes realistas e objetivos, de forma que o leitor possa ter uma visão completa do ambiente em que se passa a história. Assim como as personagens, o espaço também é visto como um ser condicionado pelo meio em que está inserido.

Caro estudante, pelo fato de os autores naturalistas se basearem nas teorias evolucionistas de Charles Darwin para explorar a influência dos elementos biológicos no comportamento humano, acreditam que as características físicas e hereditárias, como a raça e o ambiente em que se vive, desempenham um papel determinante nas ações e destinos dos personagens naturalistas.

Outra característica importante do naturalismo é o foco nas classes dominadas. Diferente de outros movimentos literários que retratavam predominantemente a elite social, os autores naturalistas direcionam sua atenção para as camadas mais baixas da sociedade. Eles buscam retratar a realidade da classe trabalhadora, explorando suas condições de vida precárias, os conflitos sociais e as injustiças enfrentadas por esses indivíduos. O objetivo é trazer à tona as questões sociais e dar voz aos excluídos.

No naturalismo, há uma interpretação direta da realidade. Os autores não buscam romantizar ou idealizar as situações, mas sim retratá-las de forma crua e objetiva, apenas. A linguagem utilizada é clara e direta, sem rodeios ou floreios literários. A intenção é apresentar a realidade sem filtros ou maquiagens, permitindo ao leitor uma imersão profunda na atmosfera da história e nas condições de vida dos personagens.

Essa interpretação direta está intimamente ligada à busca pela verossimilhança no naturalismo. Os autores se esforçam para criar narrativas que se assemelhem o máximo possível à realidade, utilizando detalhes minuciosos e descrições precisas do ambiente, das personagens e dos eventos. Essa busca pela veracidade é uma das marcas distintivas do movimento, que valoriza a representação fiel da vida e das condições sociais da época. Para tanto, caro estudante, apresentamos abaixo algumas características que se destacam nas obras naturalistas, como diferenças em relação ao realismo:

Quadro 5.1 - Comparativo das escolas literárias realismo e naturalismo

REALISMO vs. NATURALISMO	
REALISMO	**NATURALISMO**
Romance documental	Romance experimental
Análise exterior e interior	Análise exterior
Ênfase psicológica	Ênfase fisiológica
Classes sociais dominantes	Classes sociais dominadas

- O naturalismo trata os personagens como cobaias para uma tese científica, analisando seu comportamento e desenvolvimento: *romance de tese*.

- As personagens são desumanizadas e tratadas de forma animalizada, enquanto o espaço ganha vida: *análise externa, zoomórfica, das personagens* e *antropomorfização do espaço*.

- A ênfase no naturalismo está na Biologia para explicar os fenômenos sociais: ênfase biológica.

- O foco das obras naturalistas é nas classes dominadas e há crítica ao poder hegemônico: *foco nas classes dominadas*.

- O escritor naturalista busca uma interpretação direta, sem rodeios, baseada no conhecimento científico: *interpretação direta*.

5.2.1.1 *Aluísio de Azevedo*

Aluísio Azevedo foi caricaturista, jornalista, escritor e cônsul brasileiro. Sua trajetória literária inaugurou a estética naturalista no Brasil. Nasceu em São Luís do Maranhão (MA) em 14 de abril de 1857. Ele era o filho de D. Emília Amália Pinto de Magalhães e do vice-cônsul português David Gonçalves de Azevedo.

Desde sua juventude, ele demonstrou um forte interesse por desenho e pintura, o que o levou a se mudar para o Rio de Janeiro em 1876, com o objetivo de se matricular na Imperial Academia de Belas Artes. Para sustentar-se na capital, ele trabalhava desenhando caricaturas para os jornais *O Fígaro*, *A Semana Ilustrada*, *O mequetrefe* e *Zig-zag*. Além disso, fazia esboços de cenas de romances.

Após o falecimento de seu pai em 1878, ele volta para São Luís e, no ano seguinte, começa sua carreira como escritor com o romance *Uma lágrima de mulher*, que ainda segue a estética romântica. Além disso, ele se envolve na criação do jornal O Pensador, que era conhecido por sua postura anticlerical e abolicionista.

O ápice da carreira de Azevedo acontece com a publicação de *O Cortiço* (1890), indiscutivelmente um dos clássicos essenciais de nossa literatura, que, de acordo com Massaud Moisés (2004, p. 249), desempenha um papel "capital na evolução histórica da ficção brasileira". Como o próprio título sugere, ao escrever Cortiço com letra maiúscula, o protagonista da obra torna-se o próprio local, não os habitantes, demonstrando assim uma abordagem inovadora de Aluísio. Consequentemente, as teorias naturalistas são empregadas para retratar esse ambiente como um organismo vivo.

O Cortiço representa uma residência coletiva no Rio de Janeiro, no final do século XIX, que está sob a propriedade de João Romão, um português ambicioso e implacável que explora os residentes do lugar. Conforme se evidenciará nos trechos subsequentes, essa personagem, desde uma idade jovem, estava envolvida em ações moralmente questionáveis, impulsionada por uma avidez implacável, mas o narrador estabelece, logo nas primeiras linhas da obra, que essa figura surgiu de um contexto social desfavorecido: inicialmente trabalhou em um obscuro comércio no Rio de Janeiro e, depois, viveu em condições extremamente precárias para economizar o máximo possível e, assim, buscar ascender socialmente.

> João Romão foi, dos treze aos vinte e cinco anos, empregado de um vendeiro que enriqueceu entre as quatro paredes de uma suja e obscura taverna nos refolhos do bairro do Botafogo; e tanto economizou do pouco que ganhara nessa dúzia de anos, que, ao retirar-se o patrão para a terra, lhe deixou, em pagamento de ordenados vencidos, nem só a venda com o que estava dentro, como ainda um conto e quinhentos em dinheiro.
>
> Proprietário e estabelecido por sua conta, o rapaz atirou-se à labutação ainda com mais ardor, possuindo-se de tal delírio de enriquecer, que afrontava resignado as mais duras privações. Dormia sobre o balcão da própria venda, em cima de uma esteira, fazendo travesseiro de um saco de estopa cheio de palha. A comida arranjava-lhe, mediante quatrocentos réis por dia, uma quitandeira sua vizinha, a Bertoleza, crioula trintona, escrava de um velho cego residente em Juiz de Fora e amigada com um português que tinha uma carroça de mão e fazia fretes na cidade. [...] Quando deram fé estavam amigados.
>
> Ele propôs-lhe morarem juntos, e ela concordou de braços abertos, feliz em meter-se de novo com um português, porque, como toda a cafuza, Bertoleza não queria sujeitar-se

a negros e procurava instintivamente o homem numa raça superior à sua. [...]

João Romão não saia nunca a passeio, nem ia à missa aos domingos; tudo que rendia a sua venda e mais a quitanda seguia direitinho para a caixa econômica e daí então para o banco. Tanto assim que, um ano depois da aquisição da crioula, indo em hasta pública algumas braças de terra situadas ao fundo da taverna, arrematou-as logo e tratou, sem perda de tempo, de construir três casinhas de porta e janela. Que milagres de esperteza e de economia não realizou ele nessa construção! Servia de pedreiro, amassava e carregava barro, quebrava pedra; pedra, que o velhaco, fora de horas, junto com a amiga, furtavam à pedreira do fundo, da mesma forma que subtraiam o material das casas em obra que havia por ali perto.

Estes furtos eram feitos com todas as cautelas e sempre coroados do melhor sucesso, graças à circunstância de que nesse tempo a polícia não se mostrava muito por aquelas alturas. João Romão observava durante o dia quais as obras em que ficava material para o dia seguinte, e à noite lá estava ele rente, mais a Bertoleza, a removerem tábuas, tijolos, telhas, sacos de cal, para o meio da rua, com tamanha habilidade que se não ouvia vislumbre de rumor. Depois, um tomava uma carga e partia para casa, enquanto o outro ficava de alcateia ao lado do resto, pronto a dar sinal em caso de perigo; e, quando o que tinha ido voltava, seguia então o companheiro, carregado por sua vez. Nada lhes escapava, nem mesmo as escadas dos pedreiros, os cavalos de pau, o banco ou a ferramenta dos marceneiros.

E o fato é que aquelas três casinhas, tão engenhosamente construídas, foram o ponto de partida do grande cortiço de São Romão. [...]

As casinhas eram alugadas por mês e as tinas por dia; tudo pago adiantado. O preço de cada tina, metendo a água, quinhentos réis; sabão à parte. As moradoras do cortiço tinham preferência e não pagavam nada para lavar.

Graças à abundância da água que lá havia, como em nenhuma outra parte, e graças ao muito espaço de que se dispunha no cortiço para estender a roupa, a concorrência às tinas não se fez esperar; acudiram lavadeiras de todos os pontos da cidade, entre elas algumas vindas de bem longe. E, mal vagava uma das casinhas, ou um quarto, um canto onde coubesse um colchão, surgia uma nuvem de pretendentes a disputá-los.

E aquilo se foi constituindo numa grande lavanderia, agitada e barulhenta, com as suas cercas de varas, as suas hortaliças verdejantes e os seus jardinzinhos de três e quatro palmos, que apareciam como manchas alegres por entre a negrura das limosas tinas transbordantes e o revérbero das claras barracas de algodão cru, armadas sobre os lustrosos bancos de lavar. E os gotejantes jiraus, cobertos de roupa molhada, cintilavam ao sol, que nem lagos de metal branco. E naquela terra encharcada e fumegante, naquela umidade quente e lodosa, começou a minhocar, a esfervilhar, a crescer, um mundo, uma coisa viva, uma geração, que parecia brotar espontânea, ali mesmo, daquele lameiro, e multiplicar-se como larvas no esterco (Azevedo, [s. d.], p. 2-10).

A ganância de João Romão levou à construção do cortiço, e sua exploração começou com a cobrança de aluguel por morar em um lugar insalubre. Ele também se beneficiava de ser proprietário da taverna dentro do cortiço, frequentada por seus inquilinos, e da pedreira próxima, onde muitos deles trabalhavam, entregando a maior parte de seus salários nas mãos de João Romão.

A divisão de classes, que remonta às origens do Brasil, demonstra a influência do socialismo de Karl Marx e Friedrich Engels na obra de Azevedo. No entanto, a principal teoria científica que influenciou a escrita de *O Cortiço* foi o determinismo, pois ao longo da narrativa, observamos a deterioração das personagens devido às influências do ambiente em que vivem. Um exemplo marcante dessa influência é o caso de Pombinha, uma jovem pura, amigável, inteligente e virgem, que também estava noiva. Após chegar ao cortiço e ser seduzida por Leónie, uma prostituta francesa, Pombinha assume sua homossexualidade, muda-se para a casa de sua sedutora e também se envolve na prostituição.

5.2.1.2 Inglês de Sousa

Herculano Marcos Inglês de Sousa nasceu em 1853, na cidade de Óbidos, Pará. Ele concluiu seus estudos primários, que começaram em sua cidade natal, no estado do Maranhão. Posteriormente, foi para Recife para estudar direito e concluiu o curso em 1876, já na cidade de São Paulo. Ele deu início à sua carreira como jornalista, com o objetivo de seguir carreira política, na qual teve sucesso e tornou-se presidente das províncias de Sergipe e Espírito Santo. Mais tarde, mudou-se para o Rio de Janeiro, onde buscou estabelecer-se como advogado e professor universitário, e tornou-se um defensor da democratização do ensino primário no Brasil. Suas obras são: *Histórias de um pescador* (1897), *O calculista* (1876), *O coronel sangrado* (1877),

O missionário (1888), que é sua obra de maior relevância, e *Contos amazônicos* (1893).

O romance *O missionário* se desenrola em Silves, uma pequena cidade do interior do Pará, próxima à selva amazônica, para onde o padre Antônio de Morais é enviado. O missionário, movido por uma grande ambição, não aprecia o local, sentindo-se inútil ali. Ele percebe que dificilmente conseguirá realizar algum trabalho que o leve ao reconhecimento desejado naquela vila. Por isso, decide adentrar as matas para evangelizar uma tribo na região de Mundurucânia, cujos habitantes têm a fama de serem selvagens e praticarem o canibalismo.

Nessa trajetória, Morais começa a conviver com os mamelucos e descobre que, na floresta, existe um povo que aprecia festas, bebidas e danças, longe dos olhares de todos. É nesse contexto que o novo padre conhece Clarinha, uma jovem bela e de pele branca que vive na mata. Os rumores sugerem que Clara era filha ilegítima do antigo padre, João da Mata, e de Benedita, uma mameluca igualmente atraente, sustentada às escondidas pelo antigo missionário, embora toda a comunidade estivesse ciente do comportamento pouco religioso de João da Mata. Antônio de Morais se apaixona por Clarinha e, consequentemente, enfrenta um dilema entre manter-se fiel à doutrina sacerdotal ou ceder aos seus desejos físicos. Caríssimo estudante, após essa breve análise, vamos examinar alguns trechos da obra para aprofundar nossa compreensão de sua estética naturalista:

> A vinda do novo vigário mudava a posição do Macário na sociedade de Silves. Passava a ser Il. Sr. Macário de Miranda Vale, como delicadamente lhe chamara S. Rev. na carta, na querida carta que ele trazia unida ao coração, no bolso interno da sobrecasaca, e cujo contato lhe causava um sensação de esquisito gozo.

Aquela carta fora uma patente, fizera-o subir no conceito público e na própria consideração, dera-lhe acesso à classe das pessoas gradas de que se ocupa a imprensa; e publicamente lhe conferira o posto merecido pela inteligência, pela perícia no ofício, pelo seu conhecimento dos homens e das coisas, e do que uma demorada injustiça cruelmente o privara até àquela data.

A ideia acentuava-se no seu espírito liberto de um passado humilhante. Um homem superior – o novo vigário não podia deixar de ser um homem superior – escrevera ao Macário uma carta muito e muito cortês, chamara-lhe Il Sr. Macário, e não simplesmente – o Macário sacristão, como toda a gente; confessara-se seu atento venerador e amigo, muito obrigado; dirigira-se a ele de preferência; o encarregara a ele, de lhe arranja a casa e a mobília, de o esperar, de o receber, de lhe guiar os primeiros passos no paroquiato de Silves. A vaidade do Macário – posto ele nada tivesse de vaidoso, entumescia-se, um véu caía-lhe dos olhos, via-se outro, não já o triste sacristão maltratado pelo vigário, mas um Macário novo, de sobrecasaca, de cabeça alta, conhecido na capital do Pará, onde alguém – não podia saber quem fora – ensinara o seu nome a padre Antônio de Morais; um Macário que ao invés do que ousara esperar, ia dar conselho a S. Rev., arranjar-lhe a vida, guiá-lo, mandar, enfim no senhor vigário. (...)

E daí em diante, nos dias seguintes, sempre aquele vulto de mulher, indo e vindo pelo quarto, cuidadosa, falando meigamente, e com uma solicitude incômoda. E então a figura de João Pimenta, calado e estúpido, limitando-se a duas saudações por dia, a do Felisberto, falando sem parar,

curioso, impertinente, fatigante com o seu latim das bre-
nhas e as suas receitas da mãe Benta de Maués para todas as moléstias, e a da Clarinha, a mameluca, a irmã do
Felisberto, com a sua saia de chita verde sobre a camisa,
sem anáguas, e o seu cabeção rendado que, num descaro
impudente, deixava ver a pele acetinada e clara, trotavam-
-lhe na cabeça, num vaivém contínuo de entradas e saídas,
entremeadas de palavras ocas duma sensibilidade extrema, de cuidados excessivos que lhe deixavam, sobretudo as
palavras e os cuidados da rapariga, uma impressão peno-
sa. Aquela mameluca incomodava-o, irritava-lhe os nervos
doentes, com o seu pisar firme de moça do campo, a voz
doce e arrastada, os olhos lânguidos de crioula derretida.
Não lhe parecia formosa, tanto quanto podia julgar olhan-
do-a por baixo das pálpebras, porque jamais fitara de frente
a uma mulher qualquer, ou pelo menos, a sua beleza, se
beleza tinha, não o atraía, achava-a petulante demais, pro-
vocadora, quase impudente, com o seu arzinho ingênuo,
visivelmente enganador, como devem ter todas as mulheres
que o demônio excita a tentar os servos de Deus (Sousa,
2018, p. 3-139).

Na obra apresentada, Inglês de Sousa elabora um romance com uma
tese que envolve a análise de questões humanas. Ele utiliza as ideias do determinismo e do darwinismo social para explicar as ações do protagonista.
Para isso, o autor começa por contextualizar os traumas que o padre Antônio de Morais vivenciou na infância e os eventos que o levaram a residir no
seminário.

Na obra, há uma inovação ao ambientar a história não no Rio de Janeiro, como é comum na trilogia naturalista de Aluísio Azevedo, mas sim

no coração da selva amazônica. Nesse ambiente, Sousa retrata com precisão geográfica e explora os aspectos biológicos da região, assumindo o papel de um verdadeiro cientista natural.

5.2.1.3 *Adolfo Caminha*

Adolfo Caminha nasceu em 29 de maio de 1867, em Aracati, no Ceará. Por volta de seus dez anos de idade, ficou órfão de mãe e mudou-se para o Rio de Janeiro e cursou seus estudos na Escola Naval. No ano de 1888, passou a trabalhar na Escola de Aprendizes-Marinheiros, em Fortaleza. Caminha faleceu em 1º de janeiro de 1897, no Rio de Janeiro. Adolfo Caminha é um dos célebres nomes do naturalismo brasileiro, entre suas obras encontramos obras caracterizadas pelo determinismo e pela zoomorfização, característica marcante em sua obra mais conhecida, o romance *Bom-crioulo*.

> Com efeito, Bom-Crioulo não era somente um homem robusto, uma dessas organizações privilegiadas que trazem no corpo a sobranceira resistência do bronze e que esmagam com o peso dos músculos.
>
> A força nervosa era nele uma qualidade intrínseca sobrepujando todas as outras qualidades fisiológicas, emprestando-lhe movimentos extraordinários, invencíveis mesmo, de um acrobatismo imprevisto e raro. Esse dom precioso e natural desenvolvera-se-lhe à força de um exercício continuado que o tornara conhecido em terra, nos conflitos com soldados e catraieiros, e a bordo, quando entrava embriagado. Porque Bom-Crioulo de longe em longe sorvia o seu gole de aguardente, chegando mesmo a se chafurdar em bebedeiras que o obrigavam a toda a sorte de loucuras.

DA REALIDADE À ESSÊNCIA

Armava-se de navalha, ia para os cais, todo transfigurado, os olhos dardejando fogo, o boné de um lado, a camisa aberta num desleixo de louco, e então era um risco, uma temeridade alguém aproximar–se dele. O negro parecia uma fera desencarcerada: fazia todo mundo fugir, marinheiros e homens da praia, porque ninguém estava para sofrer uma agressão...

Quando havia conflito no cais Pharoux, já toda gente sabia que era o Bom-Crioulo às voltas com a polícia. Reunia povo, toda a população do litoral corria enchendo a praça, como se tivesse acontecido uma desgraça enorme, formavam-se partidos a favor da polícia e da marinha... Uma cousa indescritível!

O motivo, porém, de sua prisão, agora, no alto mar, a borda da corveta, era outro, muito outro: Bom-Crioulo esmurrara desapiedadamente um segunda classe, porque este ousara, "sem o seu consentimento", maltratar o grumete Aleixo, um belo marinheirito de olhos azuis, muito querido por todos e de quem diziam-se "cousas". (...)

Entretanto, Bom-Crioulo começava a sentir uns longes de tristeza n'alma, cousa que raríssimas vezes lhe acontecia. Lembrava-se do mar alto, da primeira vez que vira o Aleixo, da vida nova em que ia entrar, preocupando-o sobre a amizade do grumete, o futuro dessa afeição nascida em viagem e ameaçada agora pelas conveniências do serviço militar. Em menos de vinte e quatro horas, Aleixo podia ser transferido para outro navio — ele mesmo, Bom-Crioulo, quem sabe? talvez não continuasse na corveta...

Instintivamente seu olhar procurava o pequeno, acendia-se num desejo sôfrego de vê-lo sempre, sempre, ali perto, vivendo a mesma vida de obediência e de trabalho, crescendo a seu lado como um irmão querido e inseparável.

Por outro lado estava tranquilo porque a maior prova de amizade Aleixo tinha lhe dado a um simples aceno, a um simples olhar. Onde quer que estivessem haviam de se lembrar daquela noite fria dormida sob o mesmo lençol na proa da corveta, abraçados, como um casal de noivos em plena luxúria da primeira coabitação...

Ao pensar nisso Bom-Crioulo sentia uma febre extraordinária de erotismo, um delírio invencível de gozo pederasta... Agora compreendia que só no homem, no próprio homem, ele podia encontrar aquilo que debalde procurara nas mulheres.

Nunca se apercebera de semelhante anomalia, nunca em sua vida tivera a lembrança de perscrutar suas tendências em matéria de sexualidade. As mulheres o desarmavam para os combates do amor, é certo, mas também não concebia, por forma alguma, esse comércio grosseiro entre indivíduos do mesmo sexo; entretanto, quem diria!, O fato passava-se agora consigo próprio, sem premeditação, inesperadamente.

E o mais interessante é que "aquilo" ameaçava ir longe, para mal de seus pecados... Não havia jeito, senão ter paciência, uma vez que a "natureza" impunha-lhe esse castigo (Caminha, 2017).

Massaud Moisés (2004) mostra na obra *Bom-crioulo* que se aborda a questão escravocrata, tendo em vista que o protagonista fugiu de seus donos em busca da liberdade, o que revela a denúncia de como o negro é posto à margem na sociedade brasileira na segunda metade do século XIX.

O maior destaque da obra *Bom-crioulo* que o evidência das demais naturalistas é sua pioneira abordagem da homossexualidade masculina. Com o objetivo de estar mais próximo de seu amado, Amaro decide alugar um quarto em uma pensão administrada por uma mulher portuguesa chamada Carolina. Carolina desenvolve um interesse por Aleixo e o seduz, levando a uma traição que, quando descoberta pelo Bom Crioulo, o faz ter uma atitude drástica. Mais uma vez, estamos diante de um romance naturalista com uma tese que busca explicar o comportamento das personagens de maneira lógica, atribuindo aos instintos naturais humanos e ao ambiente em que vivem a responsabilidade pelos acontecimentos da história.

5.3 Parnasianismo no Brasil: rigor formal, beleza estética e a busca pela arte impassível

Caro estudante, para compreendermos esta escola literária conhecida pelo nome de parnasianismo, precisamos levar em consideração que esse movimento literário surgiu na mesma época do realismo e do naturalismo, no final do século XIX, porém há influência e tradição clássica, sendo originária da França. Seu nome surge de *Parnase Contemporain*, que são antologias publicadas em Paris a partir de 1866. Parnaso é o nome da montanha consagrada a Apolo e às musas da poesia na mitologia grega.

Em 1882, *Fanfarras*, de Teófilo Dias, é a obra que inaugura o parnasianismo brasileiro, movimento que se finda com a Semana de Arte Moderna, em 1922. Esse movimento tem postura antirromântica e é baseado no culto da forma, na impassibilidade e impessoalidade, na poesia universalista e no racionalismo.

5.3.1 Alberto de Oliveira

Antônio Mariano Alberto de Oliveira (1857-1937) formou-se em Farmácia, porém nunca exerceu a profissão. Começou escrevendo *Canções românticas* (1878) e trabalhou em diversas funções públicas em sua vida. Além da obra citada, escreveu ainda *Meridionais* (1884), *Sonetos e poemas* (1885) e *Versos e rimas* (1895), entre outras.

Moisés (2001) relata que o autor não era um poeta autêntico, no sentido de artista da palavra, mas se apegou ao formalismo parnasiano para suprir sua carência lírica. A sua obra apresenta algumas faces, sendo elas: influência romântica, principalmente, na sua primeira obra; vertente simbolista, em *Por amor de uma lágrima*, e *O livro de Ema*, de 1900. As demais obras têm cunho parnasiano. Leiamos uma estrofe da sua obra *Vaso chinês*, um de seus poemas mais conhecidos, que exemplifica, com clareza, a face parnasiana:

Estranho mimo aquele vaso! Vi-o,
Casualmente, uma vez, de um perfumado
Contador sobre o mármor luzidio,
Entre um leque e o começo de um bordado

(Oliveira, 1900 *apud* Moisés, 2004, p. 234).

Observe, caro estudante que, ao fazer a descrição de um objeto, o eu lírico parece compor de forma detalhada um quadro. A arte pela arte, lema parnasiano, que se concentra em uma peça de decoração, faz relação direta com o puro fazer mimético.

5.3.2 Olavo Bilac

Segundo a Academia Brasileira de Letras,

> Olavo Bilac (Olavo Braz Martins dos Guimarães Bilac), jornalista, poeta, inspetor de ensino, nasceu no Rio de Janeiro, RJ, em 16 de dezembro de 1865, e faleceu, na mesma cidade, em 28 de dezembro de 1918. Um dos fundadores da Academia Brasileira de Letras, criou a cadeira nº. 15, que tem como patrono Gonçalves Dias. (Academia Brasileira de Letras, 2023).

Olavo Bilac, nascido no ano de 1865 e falecido em 1918, foi um importante poeta brasileiro e considerado o escritor que melhor representa o parnasianismo da literatura brasileira. Olavo Brás Martins dos Guimarães Bilac cursou medicina, estudou direito, mas sempre possuiu vocação para letras e jornalismo. É dele a autoria da letra do Hino à Bandeira. Bilac escreveu sobre cenas inspiradas na Antiguidade grega e romana, bem representada em *A sesta de Nero* e *O incêndio de Roma*. Ainda assim encontramos em suas obras temas de caráter histórico-nacionalista, como em *O caçador de esmeraldas*.

O primeiro poema da obra *Poesias* tem o título de *Profissão de fé*, é apresentado como uma manifestação da poesia parnasiana, como pode ser observado nos versos a seguir:

> Quero que a estrofe cristalina,
> Dobrada ao jeito
> Do ourives, saia da oficina
> Sem um defeito
> (...)
> Assim procedo. Minha pena

Segue esta norma,

Por te servir, Deusa serena,

Serena forma!

(Bilac, 1888 *apud* Abdala Jr.; Campedelli, 1986, p. 153)

Nesses versos, percebe-se a riqueza métrica representada pelo uso de verso de oito e de quatro sílabas, a correção da língua, a clareza, o requinte e a objetividade do poema. Comumente, como retratado por diversos autores de teoria da literatura, o trabalho de Olavo Bilac é comparado ao de um ourives, o que remete à lapidação das palavras até alcançar a perfeição formal a fim de extrair uma pedra preciosa em forma de palavra.

5.4 Simbolismo no Brasil: a poesia dos mistérios e as revelações do inconsciente

O simbolismo no Brasil tem início em 1893 com a publicação das obras Missal e Broquéis, de Cruz e Sousa, considerado o maior representante do movimento no país, ao lado de Alphonsus de Guimarães. Em contraposição às escolas literárias anteriores, temos a não racionalidade, subjetividade, individualidade e imaginação como características-chaves deste momento. Muito contrário ao naturalismo, completamente em busca da cientificidade, a espiritualidade e transcendentalidade estão latentes nas obras com subconsciente e inconsciente presentes na leitura e escrita. Os textos apresentam musicalidade e misticismo além de um grande repertório de figuras de linguagem como sinestesia, aliteração e assonância.

Quadro 5.2 - Figuras de linguagem mais utilizadas no simbolismo brasileiro

FIGURAS DE LINGUAGEM		
Sinestesia	Aliteração	Assonância
Caracteriza-se pelo uso de palavras que remetem a **diferentes ordens sensoriais** para gerar um efeito no discurso.	Define-se pela repetição de fonemas consonantais com sons parecidos ou iguais, geralmente no início ou no meio da palavra.	Caracteriza-se pela repetição harmônica de sons vocálicos num enunciado, utilizado na literatura, oferecendo expressividade ao texto por meio da intensificação da musicalidade e do ritmo.

5.4.1 Cruz e Sousa

João da Cruz e Sousa nasceu em 1861, em Desterro, onde hoje se situa Florianópolis. Descendente de pai escravizado e mãe alforriada que trabalhavam para o Marechal Guilherme Xavier de Sousa, o qual contribuiu para que Cruz e Sousa recebesse uma educação refinada. Cruz e Sousa, negro, teve diversos conflitos em vida, como o racismo e a pobreza, além de ter perdido o pai em 1896, no mesmo ano em que a sua esposa é diagnosticada clinicamente com quadro de loucura.

Analisemos, logo abaixo, o poema *Antífona*, pontapé para a obra *Broquéis*:

Ó Formas alvas, brancas, Formas claras
De luares, de neves, de neblinas!...
Ó Formas vagas, fluidas, cristalinas...
Incensos dos turíbulos das aras...

Formas do Amor, constelarmente puras,
De Virgens e de Santas vaporosas...
Brilhos errantes, mádidas frescuras
E dolências de lírios e de rosas...

Indefiníveis músicas supremas,
Harmonias da Cor e do Perfume...
Horas do Ocaso, trêmulas, extremas,
Réquiem do Sol que a Dor da Luz resume...

Visões, salmos e cânticos serenos,
Surdinas de órgãos flébeis, soluçantes...
Dormências de volúpicos venenos
Sutis e suaves, mórbidos, radiantes...

Infinitos espíritos dispersos,
Inefáveis, edênicos, aéreos,
Fecundai o Mistério destes versos
Com a chama ideal de todos os mistérios.

Do Sonho as mais azuis diafaneidades
Que fuljam, que na Estrofe se levantem
E as emoções, todas as castidades
Da alma do Verso, pelos versos cantem.

DA REALIDADE À ESSÊNCIA

Que o pólen de ouro dos mais finos astros
Fecunde e inflame a rima clara e ardente...
Que brilhe a correção dos alabastros
Sonoramente, luminosamente.

Forças originais, essência, graça
De carnes de mulher, delicadezas...
Todo esse eflúvio que por ondas passa
Do Éter nas róseas e áureas correntezas...

Cristais diluídos de clarões álacres,
Desejos, vibrações, ânsias, alentos,
Fulvas vitórias, triunfamentos acres,
Os mais estranhos estremecimentos...

Flores negras do tédio e flores vagas
De amores vãos, tantálicos, doentios...
Fundas vermelhidões de velhas chagas
Em sangue, abertas, escorrendo em rios...

Tudo! vivo e nervoso e quente e forte,
Nos turbilhões quiméricos do Sonho,
Passe, cantando, ante o perfil medonho
E o tropel cabalístico da Morte...

(Cruz e Sousa, 1984).

Caro estudante, veja bem o nome do poema, *Antífona*, que significa, nas palavras de Campedelli e Souza (2003), "pequeno verso que se anuncia antes de um salmo" que traz a misticidade do simbolismo com uso em evidência de imagens etéreas (Formas do Amor, constelarmente puras/De Virgens e de Santas vaporosas/ Infinitos espíritos dispersos/Inefáveis, edênicos, aéreos).

A musicalidade representada pela aliteração (E dolências de lírios e de rosas) e a assonância (Ó Formas alvas, brancas, Formas claras) se nota com facilidade no poema. Chamamos sua atenção para a alusão à cor branca que está bastante latente no texto e que de acordo com críticos literários, Cruz e Sousa faz menção a essa cor em demasia, o que pode ter associação a certo sentimento de exclusão social vivido pelo próprio autor em decorrência de discriminação racial.

5.4.2 Alphonsus de Guimaraens

Alphonsus de Guimaraens, pseudônimo de Afonso Henrique da Costa Guimarães, nasceu em 24 de julho do ano de 1870 em Ouro Preto, Minas Gerais e faleceu em 15 de julho de 1921, na cidade de Mariana, no mesmo estado. Ele ficou conhecido como um escritor emblemático do movimento simbolista no Brasil.

Começou a estudar direito em São Paulo e terminou em Minas Gerais, tendo escrito para diversos jornais enquanto estava na vida acadêmica. Quando formado e já advogado, trabalhou como promotor e juiz em Minas Gerais. Aos 18 anos, sua noiva e prima Constança falece aos 17 anos de idade, fato que se tornou predominante na sua poesia que esteve repleta de melancolia.

Logo após essa perda, Alphonsus se entrega à vida boêmia, mesmo casando-se com Zenaide de Oliveira em 1897 e tendo 14 filhos com ela. Dois de seus filhos também se tornaram escritores: João Alphonsus (1901-1944) e Alphonsus de Guimaraens Filho (1918-2008).

Foi no ano de 1899 que Alphonsus de Guimaraens publicou seu primeiro livro de poesia: *Dona Mística*. Numa de suas viagens, conheceu Cruz e Souza no Rio de Janeiro, que fora o precursor do movimento simbolista no Brasil. Observe, a seguir, um poema do autor, intitulado *Catedral*:

DA REALIDADE À ESSÊNCIA

Entre brumas, ao longe, surge a aurora,
O hialino orvalho aos poucos se evapora,

Agoniza o arrebol.
A catedral ebúrnea do meu sonho
Aparece na paz do céu risonho
Toda branca de sol.

E o sino canta em lúgubres responsos:
"Pobre Alphonsus! Pobre Alphonsus!"

O astro glorioso segue a eterna estrada.
Uma áurea seta lhe cintila em cada
Refulgente raio de luz.
A catedral ebúrnea do meu sonho,
Onde os meus olhos tão cansados ponho,
Recebe a benção de Jesus.
E o sino clama em lúgubres responsos:
"Pobre Alphonsus! Pobre Alphonsus!"

Por entre lírios e lilases desce
A tarde esquiva: amargurada prece
Põe-se a luz a rezar.
A catedral ebúrnea do meu sonho
Aparece na paz do céu tristonho
Toda branca de luar.

E o sino chora em lúgubres responsos:
"Pobre Alphonsus! Pobre Alphonsus!"

O céu e todo trevas: o vento uiva.

Do relâmpago a cabeleira ruiva

Vem açoitar o rosto meu.

A catedral ebúrnea do meu sonho

Afunda-se no caos do céu medonho

Como um astro que já morreu.

E o sino chora em lúgubres responsos:

"Pobre Alphonsus! Pobre Alphonsus!"

(De Guimaraens, 1955)

Observemos que nesse poema, Guimaraens traz a imagem da amada que vem visitá-lo, ou em sonhos ou em sua imaginação, expressa a vontade do poeta em vê-la novamente. O poema é carregado de tristeza, melancolia, muitas vezes, demonstrando o desejo pela morte. Encontra-se no poema muitas menções a aspectos religiosos de quem busca por respostas para o seu sofrimento e forças para manter sua fé.

5.5 Guia de aprendizagem

1) (PUC-PR-2007) Assinale a alternativa que contém a afirmação correta sobre o naturalismo no Brasil.

a) O naturalismo, por seus princípios científicos, considerava as narrativas literárias exemplos de demonstração de teses e ideias sobre a sociedade e o homem.

b) O naturalismo usou elementos da natureza selvagem do Brasil do século XIX para defender teses sobre os defeitos da cultura primitiva.

c) A valorização da natureza rude verificada nos poetas árcades se prolonga na visão naturalista do século XIX, que toma a natureza decadente dos cortiços para provar os malefícios da mestiçagem.

d) O naturalismo no Brasil esteve sempre ligado à beleza das paisagens das cidades e do interior do Brasil.

e) O naturalismo do século XIX no Brasil difundiu na literatura uma linguagem científica e hermética, fazendo com que os textos literários fossem lidos apenas por intelectuais.

2) (Fuvest) "E naquela terra encharcada e fumegante, naquela umidade quente e lodosa, começou a minhocar, e esfervilhar, a crescer, um mundo, uma coisa viva, uma geração, que parecia brotar espontânea, ali mesmo, daquele lameiro, a multiplicar-se como larvas no esterco."

O fragmento de *O Cortiço*, romance de Aluísio Azevedo, apresenta uma característica fundamental do naturalismo. Qual?

a) uma compreensão psicológica do Homem.

b) uma compreensão biológica do Mundo.

c) uma concepção idealista do Universo.

d) uma concepção religiosa da Vida.

e) uma visão sentimental da Natureza.

3) (Unificado-RS – ADAPTADA)

Nasce a manhã, a luz tem cheiro... Ei-la que assoma
Pelo ar sutil... Tem cheiro a luz, a manhã nasce...
Oh sonora audição colorida do aroma!

A linguagem poética, em todas as épocas, foi e é simbólica; o simbolismo recebeu esse nome por levar essa tendência ao paroxismo.

Os versos acima atestam essa exuberância, pela fusão de imagens auditivas, olfativas e visuais, constituindo rico exemplo de que figura de linguagem? Justifique.

5.6 Literatura na tela

O Cortiço (1978) Direção: Francisco Ramalho Jr. País: Brasil. Distribuição: Cinemateca Brasileira.

O *Cortiço* (1978) – dirigido por Francisco Ramalho Jr., deu ênfase à paixão entre os personagens Jerônimo e Rita Baiana, diferentemente do romance homônimo escrito por Aluísio Azevedo. Na obra escrita, encontramos protagonistas dentro do cortiço, como Bertoleza, João Romão e Dona Isabel, que são elementos essenciais para a obra.

Capítulo 6

PRÉ-MODERNISMO AO MODERNISMO

TRANSIÇÃO, CONFLITO E VANGUARDA NA LITERATURA BRASILEIRA

Caro estudante, compreende-se como período que abrange o pré-modernismo ao modernismo na literatura brasileira aquele marcado por intensas transformações sociais, políticas e culturais. Em uma transição tumultuada, que se estende aproximadamente do final do século XIX ao início do século XX com conflito de ideias, culminando na emergência de movimentos vanguardistas e na redefinição dos padrões estéticos e temáticos das obras literárias.

Esse cenário efervescente reflete a busca por uma identidade nacional e uma expressão artística autêntica diante das mudanças radicais que o Brasil experimentava. O pré-modernismo, como o próprio nome sugere, antecede o modernismo tendo servido como um terreno fértil para a gestação de novas ideias e experimentações literárias.

Nesse período, observa-se uma ruptura com os padrões estilísticos do realismo e naturalismo, ao mesmo tempo em que se manifestam sinais do que viria a ser a vanguarda modernista. Nesse momento, encontramos autores como Lima Barreto, Euclides da Cunha e Monteiro Lobato, importantes protagonistas desse período, que exploram temas como o regionalismo, a crítica social e as tensões entre o rural e o urbano.

O modernismo, por sua vez, surge como sua criatividade revolucionária na década de 1920. Em contraposição às formas literárias tradicionais, os modernistas buscavam romper com as estruturas vigentes, propondo uma nova visão de mundo. A Semana de Arte Moderna de 1922, marco inicial desse movimento, foi um divisor de águas que apresentou ao público as propostas de renovação estética e a valorização de uma linguagem mais livre e inovadora. Mário de Andrade, Oswald de Andrade e Manuel Bandeira, entre outros, lideraram essa revolução cultural, incorporando elementos da cultura popular e questionando os valores estabelecidos.

O conflito entre as tradições literárias anteriores e a busca por uma linguagem inovadora caracteriza essa transição. Os escritores modernistas, muitas vezes, confrontavam as normas estéticas e culturais que prevaleciam, provocando reações diversas na sociedade da época. A pluralidade de vozes e a quebra de paradigmas foram características marcantes desse período, refletindo o espírito de transformação que impregnava a sociedade brasileira.

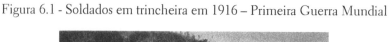

Figura 6.1 - Soldados em trincheira em 1916 – Primeira Guerra Mundial

Anônimo. *Soldados em trincheira em 1916 – Primeira Guerra Mundial.* Disponível em: https://www.cartacapital.com.br/educacao/licoes-da-primeira-guerra-mundial/. Acesso em: 02 abr. 2025.

Caro estudante, imagine-se vivendo num período de conflitos globais: grandes tensões políticas europeias que trouxeram à tona duas Grandes Guerras. Como você acredita que isso influenciou a vida das pessoas? Como já sabemos, a arte imita a vida. Como a arte foi influenciada pelas Guerras? E a literatura, como arte das palavras, nesse impacto, como se sucedeu?

O pré-modernismo, como já mencionado, abre as portas para uma nova era nas artes. Mais livres e fluidas, mais condizente com a realidade do momento em que a configuração do mundo se adapta a novas eras. A tecnologia avança de forma rápida, bombas são lançadas apertando um botão e o que antes a preocupação era a origem da vida, nesse momento se discute a extinção de inimigos. Essa rapidez, a globalização, a emergente gana de se preocupar com os interesses políticos de cada território se reflete nas artes e, por isso, na literatura.

No Brasil, momentos de conflitos internos também estão acontecendo. Num momento em que se dá início à emancipação feminina, a moda muda chegando ao fim da Belle Époque, os interesses do público dão lugar à necessidade de objetividade.

Objetivos deste capítulo:

- Analisar as obras e as condições históricas e culturais do século XX.
- Compreender as diversas correntes do modernismo e a influência da Semana da Arte Moderna na escrita literária.
- Analisar textos de diversos autores importantes do período e compreender a transição do século XIX para o XX.
- Refletir sobre a tentativa de se consolidar a literatura brasileira no cenário conturbado da transição império-república.

6.1 Poesia pré-modernista

No âmbito histórico do pré-modernismo nas expressões artísticas, enfatizaremos a geração literária, pois a elaboração de escritos com uma participação mais ativa na sociedade está inserida nos princípios desse período. Esse momento de transição teve início nos primeiros anos do século XX e atinge seu auge em 1922, durante a Semana de Arte Moderna.

A Revolta de Canudos (1896-97), a Revolta da Vacina (1904), a Greve dos Operários (1917) e o período da República do Café Com Leite (1894-1930) remontam alguns dos eventos históricos que suscitaram uma maior atenção social no campo literário. Na poesia, o escritor Augusto dos Anjos ocupa uma posição de destaque ao abordar temas que se referem a decomposição orgânica e micróbios em um tom melancólico e pessimista.

6.1.1 Augusto dos Anjos

Augusto de Carvalho Rodrigues dos Anjos nasceu em 20 de abril de 1884, no Engenho Pau D'Arco, Vila do Espírito Santo, lugar que atualmente se localiza o município de Sapé, na Paraíba, foi filho de antigos senhores de engenho. Augusto dos Anjos, como é mais conhecido, presenciou a lenta derrocada de sua família. Seu genitor era bacharel em direito e o ensinou as primeiras letras até seu ingresso no Liceu Paraibano a fim de cursar o ensino secundário.

Caro estudante, falar de Augusto dos Anjos é reconhecê-lo como o mais sombrio dos poetas brasileiros, porém considerá-lo o mais original com obra poética de apenas um livro de poemas. Fazendo uma análise de sua única obra, percebemos que o autor não se encaixa em nenhuma escola literária, embora consigamos perceber a influência de características naturalistas e simbolistas. No entanto, a produção unitária desse autor não se enquadra em nenhum desses movimentos, o que leva os críticos literários a classificá-lo aos seus contemporâneos do pré-modernos.

Augusto dos Anjos, como mencionado anteriormente, produziu apenas um livro que tem o título *Eu*, de onde destacamos um poema para análise:

Versos íntimos

Vês! Ninguém assistiu ao formidável
Enterro de tua última quimera.
Somente a Ingratidão – esta pantera –
Foi tua companheira inseparável!

Acostuma-te à lama que te espera!
O Homem, que, nesta terra miserável,
Mora entre feras, sente inevitável
Necessidade de também ser fera.

Toma um fósforo. Acende teu cigarro!
O beijo, amigo, é a véspera do escarro,
A mão que afaga é a mesma que apedreja.

Se a alguém causa inda pena a tua chaga,
Apedreja essa mão vil que te afaga,
Escarra nessa boca que te beija!

(A. dos Anjos, 1982)

O poema *Versos íntimos* é considerado o mais conhecido dos poemas desse autor, formado por soneto decassílabo, possui esquema de rimas ABBA-BAAB-CCD-EED, e demonstra a revolta diante da vivência atroz da máxima *hobbesiana*, em que "o homem é o lobo do homem". Percebemos algumas estruturas pessimistas como "terra miserável" e "entre feras" que demonstram a incompetência do homem de produzir bons sentimentos em um mundo de ingratidão, onde o beijo precede o escarro e aquele que ontem afagava, hoje apedreja.

6.1.2 Prosa pré-modernista

Antes da chegada do modernismo, que foi inaugurado no Brasil pelas atividades da Semana de Arte Moderna em 1922, surgiram figuras como Graciliano Ramos, Rachel de Queiroz, Jorge Amado e João Guimarães Rosa, entre outros. Esses escritores seriam responsáveis pela criação de narrativas caracterizadas pela originalidade estética e também pelo enfoque social de natureza regionalista. O pré-modernismo, ao destacar-se como um momento de transição, desempenhou um papel fundamental na preparação para a fase de maturidade dos artistas brasileiros.

6.1.2.1 Graça Aranha

José Pereira da Graça Aranha nasceu em 1868, em São Luís do Maranhão, em uma família abastada. Concluiu seu curso de Direito em 1886, tornando-se juiz municipal em 1890 na cidade de Porto Cachoeiro-ES. Foi nesse período que coletou informações que mais tarde serviriam como base para a escrita de seu romance mais renomado, *Canaã*, publicado em 1902. Após a divulgação de um trecho dessa obra, foi indicado precocemente à Academia Brasileira de Letras, em grande parte devido às suas relações com Joaquim Nabuco, um dos fundadores da instituição. Além de *Canaã*, ele lançou outras obras como *Malazarte* (1911), *A estética da vida* (1921) e *A viagem maravilhosa* (1929), dentre outros.

Conforme Bosi (2006), a narrativa de Graça Aranha reflete influências monistas e evolucionistas. Essas influências são percebidas de maneira sutil na retórica derivada da formação jurídica do escritor, resultando em um romance de tese moderna. Nesse contexto, é possível observar o confronto ideológico e filosófico entre as teses da supremacia da raça, representada por Lentz, e do humanismo evolucionista, defendido pela personagem de Milkau.

> Passado algum tempo, Lentz exprimiu alto o que ia pensando:
>
> – Não é possível haver civilização neste país... A terra só por si, com esta violência, esta exuberância, é um embaraço imenso...
>
> – Ora – interrompeu Milkau – tu sabes bem como se tem vencido aqui a natureza, como o homem vai triunfando...
>
> – Mas o que se tem feito é quase nada, e ainda assim é o esforço do europeu. O homem brasileiro não é um fator do progresso: é um híbrido. E a civilização não se fará jamais nas raças inferiores.
>
> Vê, a História...
>
> Milkau – Um dos erros dos intérpretes da História está no preconceito aristocrático com que concebem a ideia de raça. Ninguém, porém, até hoje soube definir a raça e ainda menos como se distinguem umas das outras; fazem-se sobre isso jogos de palavras, mas que são como esses desenhos de nuvens que ali vemos no alto, aparições fantásticas do nada... E, depois, qual é a raça privilegiada para que só ela seja o teatro e o agente da civilização? Houve um tempo na História em que o semita brilhava em Babilônia e no Egito, o hindu nas margens sagradas do Ganges, e eles

eram a civilização toda; o resto do mundo era a nebulosa de que se não cogitava. E, no entanto, é junto ao Sena e ao Tâmisa que a cultura se esgota hoje numa volúpia farta e alquebrada (Aranha, 2014, p. 36).

Caro estudante, o monismo é uma corrente metafísica que prega a unidade da realidade como um todo e, segundo Bosi (2006), embora a excessiva ênfase de Graça Aranha no desenvolvimento de sua tese possa ter afetado a construção de personagens mais persuasivas no romance, é necessário reconhecer *Canaã* como uma obra que já buscava a modernidade na prosa brasileira. Esse foi um passo significativo em direção à independência artística, que mais tarde seria consolidada pelos artistas do modernismo.

6.1.2.2 *Lima Barreto*

Afonso Henriques de Lima Barreto nasceu no Rio de Janeiro em 1881, filho de pais mestiços. Seu pai era tipógrafo, e sua mãe, uma professora primária, faleceu quando ele estava prestes a completar sete anos de idade. Faleceu na idade de 41 anos em decorrência de um colapso cardíaco, deixando obras importantes para a literatura brasileira como ensaios, crônicas e romances. Destacamos outras de suas obras além das citadas: *Triste fim de Policarpo Quaresma* (1911- 1915), publicado, primeiramente, como folhetim; *Numa e Ninfa* (1915), *Bagatelas* (1923), *Vida e morte de M. J. Gonzaga de Sá* (1919) e *Clara dos Anjos* (1922).

> Era assim concebida a petição:
> Policarpo Quaresma, cidadão brasileiro, funcionário público, certo de que a língua portuguesa é emprestada ao Brasil; certo também de que, por esse fato, o falar e o escrever em

geral, sobretudo no campo das letras, se veem na humilhante contingência de sofrer continuamente censuras ásperas dos proprietários da língua; sabendo, além, que, dentro do nosso país, os autores e os escritores, com especialidade os gramáticos, não se entendem no tocante à correção gramatical, vendo-se, diariamente, surgir azedas polêmicas entre os mais profundos estudiosos do nosso idioma — usando do direito que lhe confere a Constituição, vem pedir que o Congresso Nacional decrete o tupi–guarani, como língua oficial e nacional do povo brasileiro.

O suplicante, deixando de parte os argumentos históricos que militam em favor de sua ideia, pede vênia para lembrar que a língua é a mais alta manifestação da inteligência de um povo, é a sua criação mais viva e original; e, portanto, a emancipação política do país requer como complemento e consequência a sua emancipação idiomática. (...) Não se sabia bem onde nascera, mas não fora decerto em São Paulo, nem no Rio Grande do Sul, nem no Pará. Errava quem quisesse encontrar nele qualquer regionalismo; Quaresma era antes de tudo brasileiro. Não tinha predileção por esta ou aquela parte de seu país, tanto assim que aquilo que o fazia vibrar de paixão não eram só os pampas do Sul com o seu gado, não era o café de São Paulo, não eram o ouro e os diamantes de Minas, não era a beleza da Guanabara, não era a altura da Paulo Afonso, não era o estro de Gonçalves Dias ou o ímpeto de Andrade Neves — era tudo isso junto, fundido, reunido, sob a bandeira estrelada do Cruzeiro (Barreto, [s. d.], p. 3-45).

Quanto ao estilo desenvolvido pelo escritor, é notável o seu manejo da linguagem coloquial e da ironia. Além disso, alguns vícios de linguagem estão presentes em sua escrita, contribuindo para conferir fluidez, junto ao humor sarcástico que lhe é característico. Um exemplo disso é o tom irônico na fala de Quaresma, que afirma que mesmo os mais renomados escritores brasileiros não seguiam as regras gramaticais da língua portuguesa. Esse argumento é utilizado pela personagem para defender o tupi como a língua oficial do país.

Vale destacar que Lima Barreto, ao explorar tais elementos em sua narrativa, proporciona uma abordagem única e crítica, utilizando a linguagem como instrumento para expressar suas ideias de forma perspicaz e provocativa. A maestria do autor ao incorporar essas características não apenas enriquece a sua escrita, mas também contribui para uma reflexão mais profunda sobre questões linguísticas, sociais e culturais presentes no contexto da obra. Essa habilidade distintiva de Lima Barreto marca sua contribuição significativa para a literatura brasileira, deixando um legado que continua a ser explorado e apreciado pelos leitores contemporâneos.

6.1.2.3 *Euclides da Cunha*

Euclides Rodrigues Pimenta da Cunha nasceu em 1866, na cidade de Cantagalo-RJ. A tragédia de ter perdido os pais na infância o levou a ser criado pelos tios, o que resultou em sua mudança para a Bahia. Lá, ele trilhou sua jornada acadêmica, formando-se em Engenharia Militar e concluindo o bacharelado em matemáticas e ciências físicas e naturais. Essa base educacional sólida pavimentou o caminho para sua carreira profissional, na qual se destacou como engenheiro na construção da estrada de ferro Central do Brasil.

A trajetória de Euclides da Cunha não se limita apenas à sua formação e atuação como engenheiro. Seu interesse e talento para as letras o conduziram a um papel significativo no cenário literário brasileiro. Sua obra mais conhecida, *Os sertões*, é um marco na literatura brasileira, explorando as complexidades sociais, culturais e geográficas do sertão nordestino. Dessa forma, Euclides da Cunha não apenas deixou sua marca no desenvolvimento de infraestrutura do país, mas também enriqueceu a cultura brasileira com sua contribuição literária singular.

Ao conectar sua experiência como engenheiro com sua sensibilidade artística, Euclides da Cunha deixou um legado multifacetado que transcende as fronteiras entre ciência e arte. Seu impacto abrange não apenas os trilhos das ferrovias que ajudou a construir, mas também as páginas de seus escritos que continuam a inspirar reflexões e análises críticas sobre a sociedade e o ambiente brasileiros.

> O brasileiro, tipo abstrato que se procura, mesmo no caso favorável acima firmado, só pode surdir de um entrelaçamento consideravelmente complexo. Teoricamente ele seria o pardo, para que convergem os cruzamentos do mulato, do curiboca e do cafuz.
>
> Avaliando-se, porém, as condições históricas que têm atuado, diferentes nos diferentes tratos do território; as disparidades climáticas que nestes ocasionam reações diversas diversamente suportadas pelas raças constituintes; a maior ou menor densidade com que estas cruzaram nos vários pontos do país; e atendendo-se ainda à intrusão — pelas armas na quadra colonial e pelas imigrações em nossos dias — de outros povos, fato que por sua vez não foi e não é uniforme, vê-se bem que a realidade daquela formação é altamente duvidosa, senão absurda (Cunha, [s. d.], p. 29).

O trecho proporciona uma visão reveladora de como as ideias de Euclides da Cunha foram influenciadas pelo positivismo e pelas teses raciais que eram respeitadas em sua época. Além disso, a linguagem utilizada é fortemente impregnada pelo cientificismo, evidenciando o esforço do autor em compreender a influência do processo de miscigenação na formação da identidade do povo brasileiro.

Euclides da Cunha, ao adotar uma abordagem marcada pelo pensamento positivista e pelas teorias raciais contemporâneas, destaca-se como um observador atento e crítico das dinâmicas sociais e culturais do Brasil do século XIX. Sua análise, embora ancorada em paradigmas da época, oferece insights valiosos para a compreensão das complexidades da formação identitária do país e ressoa ainda nos debates contemporâneos sobre a diversidade e as relações raciais no Brasil.

6.1.2.4 Monteiro Lobato

José Bento Renato Monteiro Lobato, nascido em 1882 em Taubaté-SP, iniciou sua jornada educacional sendo alfabetizado por sua mãe. Desde a infância, ele manifestou um profundo interesse pelo universo da leitura e da escrita, explorando todo o acervo de obras infantis da biblioteca de seu avô, o renomado Visconde de Tremembé. Aos 13 anos, Lobato mudou-se para São Paulo com o objetivo de ingressar no Instituto de Ciências e Letras. Preparou-se para o bacharelado na Faculdade de Direito do Largo de São Francisco, onde concluiu seus estudos em 1904. Demonstrando suas habilidades, obteve o cargo de promotor já em 1907, assumindo o posto na cidade de Areias, localizada no Vale do Paraíba.

O percurso educacional e profissional de Monteiro Lobato destaca-se por sua formação acadêmica sólida e por sua transição para a área jurídica como promotor. Sua dedicação precoce à leitura e sua mudança para São

Paulo revelam um compromisso com a busca do conhecimento, culminando na conclusão da graduação em direito. Essa base acadêmica sólida e seu ingresso na carreira jurídica estabeleceram as fundações para seu futuro engajamento em diversas atividades, incluindo sua notável contribuição para a literatura infantil brasileira.

Além de suas realizações na esfera jurídica, Lobato tornou-se uma figura icônica na literatura brasileira, especialmente no gênero infantil. Seu legado literário, representado por obras como *Sítio do picapau amarelo*, transcende sua formação jurídica, destacando-o como um dos mais influentes escritores do Brasil, mesmo sendo uma obra que traz marcas de racismo, na época, não se considerava assim. A trajetória multifacetada de Monteiro Lobato reflete seu impacto duradouro, não apenas como jurista, mas também como um prolífico contador de histórias que encantou gerações de leitores.

> Não obstante, "por via das dúvidas", quando ronca a trovoada, Jeca abandona a toca e vai agachar-se no oco dum velho embiruçu do quintal – para se saborear de longe com a eficácia da escora santa. Um pedaço de pau dispensaria o milagre; mas entre pendurar o santo e tomar da foice, subir ao morro, cortar a madeira, atorá-la, baldeá-la e especar a parede, o sacerdote da Grande Lei do Menor Esforço não vacila. É coerente.
>
> Um terreirinho descalvado rodeia a casa. O mato o beira. Nem árvores frutíferas, nem horta, nem flores – nada revelador de permanência. Há mil razões para isso; porque não é sua a terra; porque se o "tocarem" não ficará nada que a outrem aproveite; porque para frutas há o mato; porque a "criação" come; porque...
>
> – "Mas, criatura, com um vedozinho por ali... A madeira está à mão, o cipó é tanto..."

Jeca, interpelado, olha para o morro coberto de moirões, olha para o terreiro nu, coça a cabeça e cuspilha.

– "Não paga a pena".

Todo o inconsciente filosofar do caboclo grulha nessa palavra atravessada de fatalismo e modorra. Nada paga a pena. Nem culturas, nem comodidades. De qualquer jeito se vive (Lobato, 2007, p. 171).

O trecho faz parte do conto *Urupês*, introduzindo Jeca Tatu, personagem icônico de Lobato. O autor critica o descaso dos governantes com a população pobre, ao mesmo tempo em que revela um olhar preconceituoso em relação a essa camada social.

6.2 O modernismo rompendo paradigmas, reconstruindo a arte

Caro estudante, como abordaremos neste tópico, o modernismo foi um movimento cultural que surgiu no início do século XX e teve um impacto significativo em diversas áreas, em especial nas artes. Nesse período, houve uma ruptura com as convenções e paradigmas artísticos estabelecidos, buscando uma nova expressão que refletisse as transformações sociais, políticas e tecnológicas da época. Na pintura, por exemplo, artistas como Pablo Picasso e Georges Braque exploraram a fragmentação da forma e a representação simultânea de diferentes perspectivas, dando origem ao cubismo. Essa abordagem revolucionária desafiou as normas tradicionais da representação visual, desencadeando uma revolução estética.

A literatura modernista também exerceu uma função essencial na desconstrução de paradigmas. Autores como James Joyce e Virginia Woolf, para além das fronteiras do Brasil, exploraram técnicas narrativas inovadoras, como o fluxo de consciência, rompendo com estruturas lineares convencionais. Essa experimentação literária não apenas desafiou as expectativas do público, mas também refletiu a complexidade da psique humana em um mundo em rápida mudança. As palavras tornaram-se ferramentas maleáveis nas mãos desses escritores, abrindo novos caminhos para a expressão literária.

6.2.1 Situação histórica e características principais

O modernismo no Brasil aconteceu entre as décadas de 1920 e 1940, fazendo reflexo de uma profunda transformação na sociedade brasileira e ocorreu em meio a importantes mudanças políticas, sociais e econômicas. O movimento surgiu em um contexto em que o país estava passando por uma transição de uma economia agrário-exportadora para uma economia industrial.

Na década de 1920, o Brasil vivenciou o governo de Artur Bernardes (1875-1955), que foi um advogado e político brasileiro. Foi um governo marcado por agitações políticas e sociais, como a Revolta do Forte de Copacabana em 1922 e a Coluna Prestes, que percorreu o interior do país em protesto contra as oligarquias dominantes. Esses eventos evidenciaram o descontentamento com a política vigente e a busca por mudanças.

Além disso, a economia brasileira passava por transformações significativas em que a expansão urbana e industrialização começaram a se intensificar, especialmente nas regiões Sudeste e Sul do país. O café, que por muito tempo fora o principal produto de exportação, perdeu espaço para setores como a indústria têxtil e a produção de aço. Essa transição econômica trouxe consigo novas dinâmicas sociais e culturais, estimulando a efervescência intelectual.

No campo das artes, o modernismo no Brasil teve início com a Semana de Arte Moderna, em 1922, que ocorreu no Teatro Municipal de São Paulo. Artistas como Mário de Andrade, Oswald de Andrade, Anita Malfatti, Tarsila do Amaral e outros buscavam uma ruptura com as formas artísticas tradicionais, propondo uma expressão mais autêntica e alinhada com a identidade nacional. As manifestações artísticas modernistas tinham o objetivo de romper com o academicismo e o nacionalismo exacerbado, buscando uma linguagem própria que refletisse as influências das vanguardas europeias, mas com características distintamente brasileiras.

6.2.2 Semana de Arte Moderna: a semana que revolucionou a arte

A Semana de Arte Moderna, realizada em fevereiro de 1922 no Theatro Municipal de São Paulo, foi um marco cultural que desencadeou profundas transformações na cena artística e literária do Brasil. Coordenada por um grupo de intelectuais, artistas e escritores, a semana buscava romper com os padrões estéticos vigentes, propondo uma abordagem renovadora e mais alinhada com a identidade brasileira.

Muito se fala na importância da Semana de Arte Moderna para a literatura brasileira e o estudante da área deve compreender que ela reside na quebra dos paradigmas literários e na inauguração de uma nova forma de expressão. Os modernistas buscavam superar o academicismo que dominava a produção literária, introduzindo técnicas inovadoras e um olhar mais crítico sobre a realidade brasileira. Autores como Mário de Andrade exploraram a linguagem popular, incorporando elementos do folclore e dialetos regionais em suas obras. Nesse quesito, a literatura passou a refletir não apenas uma estética renovada, mas também a diversidade cultural do Brasil.

Foi na Semana de Arte Moderna que ocorreu o lançamento do *Manifesto antropófago*, escrito por Oswald de Andrade. Esse manifesto propunha a ideia de uma "antropofagia cultural", na qual a arte brasileira deveria devorar as influências estrangeiras e transformá-las em algo genuinamente nacional. Essa perspectiva influenciou profundamente a produção literária, encorajando os escritores a buscar uma identidade única, incorporando influências de diversas origens de maneira criativa.

6.3 Fases do modernismo

– Vanguardas europeias:

1. **Futurismo**: introduzido por Marinetti, um poeta italiano, propôs uma vanguarda que buscava a eliminação do passado e a celebração da vida moderna, destacando a importância da máquina e da velocidade. Essa corrente defendia uma forma de arte com foco no futuro. Daí surgiu a concepção de simultaneidade, utilizando palavras de maneira livre, desestruturando a lógica convencional e buscando uma nova ordem de natureza intuitiva e pragmática (Abdala Jr.; Campedelli, 1986, p. 202). Isso envolvia a quebra da sintaxe e da pontuação formal, assim como a abolição de certas classes de palavras, como adjetivos e advérbios.

2. **Dadaísmo**: também conhecido como o movimento dadá, foi iniciado por Tristan Tzara e advogava pela destruição dos valores culturais da sociedade envolvida na guerra, propondo uma forma de antiarte. De acordo com Abdala Jr. e Campedelli (1986, p. 202), "sua agressividade posteriormente associou-se à simplicidade

formal, ao simultaneísmo cubofuturista e ao primitivismo expressionista, como pode ser observado no movimento da Antropofagia".

3. **Expressionismo**: fundado em 1912, era uma vanguarda que buscava retratar o mundo e as pessoas, explorando seus vícios, tormentos e desventuras. Essa corrente envolvia a distorção da realidade como uma maneira de expressar a natureza humana, dando destaque aos sentimentos em detrimento da descrição objetiva. Expresso de maneira mais abrangente, o expressionismo pode ser identificado de alguma forma em várias épocas e em autores diversos. Na literatura, esse contraste entre o indivíduo e os objetos é manifestado por meio de uma linguagem não linear e fragmentada, refletindo a expressão interior de quem narra. Dessa forma, a vida exterior é observada através de deformações que destacam a perspectiva subjetiva.

4. **Cubismo**: frequentemente exemplificado na obra de Pablo Picasso, quebrava com a tradição de representar a realidade, estabelecida desde o renascimento, transformando-a em traços sintéticos dispostos em diferentes planos geométricos. Isso permitia a observação de diversos ângulos simultaneamente. Na poesia, o cubismo valorizava o subjetivismo, a ausência de lógica, a utilização de frases nominais, o emprego do tempo presente e o humor. Essas características eram evidentes, por exemplo, em *Memórias sentimentais de João Miramar*, de Oswald de Andrade, enquanto, na poesia, o estilo arquitetônico de João Cabral de Melo Neto também expressava essa abordagem cubista.

Figura 6.2 - Quadro (cubismo)

Picasso, P. *Les demoiselles d'Avignon*, 1907, de Pablo Picasso / Fonte: Google (2023, *online*)

5. **Surrealismo**: emergiu em 1924 por meio de André Breton, tinha como objetivo estabelecer conexões com o inconsciente, em conformidade com os princípios da psicanálise de Freud. De acordo com as informações de Teles (1994, p. 165-166), a ênfase recaía na exploração do inconsciente, nas narrativas dos sonhos, nas experimentações com o sono hipnótico e, a partir de 1925, na conscientização política. Diferentemente do movimento dadá, os surrealistas não adotavam uma posição anarquista. Ao contrário, buscavam criar uma forma de arte voltada para a transformação integral do mundo. Na esfera das artes plásticas, a obra de Salvador Dalí serve como um exemplo claro da aplicação do Surrealismo. Na literatura, o realismo fantástico, uma vertente predominante em meados do século passado, especialmente nas obras de Murilo Rubião e J. J. Veiga, representa uma técnica surrealista.

São características, ainda, do modernismo a defesa da liberdade de criação e experimentação, a valorização dos temas cotidianos, a hibridização de gêneros e a valorização do nacionalismo. Sobre a **defesa intransigente da liberdade de criação e experimentação,** os artistas modernistas buscavam romper com as convenções estabelecidas, explorando novas formas de expressão e desafiando as normas tradicionais. Além disso, o movimento valorizava profundamente os temas cotidianos, retirando a arte do pedestal e aproximando-a da vida comum das pessoas.

Outro aspecto mencionado é a **hibridização de gêneros** em que artistas e escritores modernistas mesclaram diferentes formas artísticas, fundindo, por exemplo, a música com a poesia ou a pintura com a literatura. Essa abordagem inovadora contribuiu para a criação de obras únicas e multifacetadas. No que se diz respeito à **valorização do nacionalismo,** os artistas buscavam criar uma identidade cultural autêntica e única para o Brasil, afastando-se das influências estrangeiras excessivas e explorando elementos genuinamente brasileiros em suas obras. Essa valorização do nacionalismo manifestou-se tanto na literatura quanto nas artes plásticas e na música.

6.3.1 Primeira fase modernista: poesia e prosa

A designação da primeira fase do modernismo como a Fase Heroica decorre do impulso dos artistas em romper com o passado histórico, buscando estabelecer uma expressão artística autenticamente brasileira. Durante esse período, os escritores criticaram o parnasianismo e advogaram pela valorização da linguagem popular por meio do conceito de antropofagia cultural. Esse princípio defendia a necessidade de assimilar a diversidade cultural que fundamenta a identidade do povo brasileiro para criar uma arte verdadeiramente nacional. Características que distinguem essa fase são o nacionalismo, tanto crítico quanto ufanista.

6.3.1.1 *Mário de Andrade*

Mário Raul de Morais Andrade nasceu em São Paulo, no dia 9 de outubro de 1893 em uma família de origens modestas, desde a infância, manifestou uma inclinação notável para o universo das artes. Sua formação incluiu passagens pelo Conservatório Dramático e Musical de São Paulo. Em 1922, lançou a obra *Pauliceia Desvairada*, onde a cidade de São Paulo atua como fonte inspiradora. O Prefácio interessantíssimo, redigido por Mário, estabelece os fundamentos para o que viria a ser a expressão artística da primeira fase do modernismo, caracterizada pela quebra com a colonização cultural e pela valorização das manifestações artísticas brasileiras. Dentre suas obras, destacam-se *Há uma gota de sangue em cada poema* (1917); *Amar, verbo intransitivo* (1927); *A escrava que não é Isaura* (1925) e *Macunaíma* (1928).

No fundo do mato-virgem nasceu Macunaíma, herói de nossa gente. Era preto retinto e filho do medo da noite. Houve um momento em que o silêncio foi tão grande escutando o murmurejo do Uraricoera, que a índia, tapanhumas pariu uma criança feia. Essa criança é que chamaram de Macunaíma.

Já na meninice fez coisas de sarapantar. De primeiro: passou mais de seis anos não falando. Sio incitavam a falar exclamava: If — Ai! que preguiça!... E não dizia mais nada. Ficava no canto da maloca, trepado no jirau de paxiúba, espiando o trabalho dos outros e principalmente os dois manos que tinha, Maanape já velhinho e Jiguê na força de homem. O divertimento dele era decepar cabeça de saúva. Vivia deitado mas si punha os olhos em dinheiro, Macunaíma dandava pra ganhar vintém. E também espertava quando a família ia tomar banho no rio, todos juntos e nus.

Passava o tempo do banho dando mergulho, e as mulheres soltavam gritos gozados por causa dos guaimuns diz-que habitando a água-doce por lá. No mucambo si alguma cunhatã se aproximava dele pra fazer festinha, Macunaíma punha a mão nas graças dela, cunhatã se afastava. Nos machos guspia na cara (Andrade, 2013, p. 5).

A obra, conforme relatos, foi redigida ao longo de seis dias enquanto Mário de Andrade estava instalado em um sítio no interior de São Paulo. No entanto, ela é resultado das jornadas que ele empreendeu pelo Brasil nos anos anteriores. No enredo, acompanhamos a jornada de Macunaíma em busca da muiraquitã, uma pedra mágica que ele recebera de sua amada Ci, mas que acabou perdendo e foi encontrada por Piaimã, um gigante antropófago que habitava São Paulo.

6.3.1.2 Oswald de Andrade

José Oswald de Souza Andrade nasceu em São Paulo no ano de 1890, inserido em uma família abastada que lhe proporcionou a oportunidade de estudar na Europa. Durante sua estadia no continente, ele teve contato com a efervescente vida boêmia francesa em 1912, além de se inspirar na arte vanguardista, influência que moldaria sua produção literária e o consolidaria como uma das figuras mais destacadas no processo de introdução do movimento Modernista no Brasil. Assim como outros adeptos dessa estética, Oswald associou-se ao Partido Comunista, o que se reflete tanto em sua poesia quanto em sua prosa, exemplificada em *Serafim Ponte Grande* (1933), assim como no teatro, com obras como *O homem e o cavalo* (1934), *O rei da vela* (1937) e *A morta* (1937). Entre as características marcantes de sua personalidade estão a irreverência, a propensão à polêmica, e o tom irônico e combativo presentes em sua produção artística.

Ao observarmos o excerto a seguir, percebemos que o estilo abraçado por Oswald se fundamenta, sobretudo, na concepção de que a liberdade é essencial para a elaboração do texto, marcado pelo abandono das formalidades preconizadas por poetas como os parnasianos e simbolistas:

> Só a ANTROPOFAGIA nos une. Socialmente. Economicamente. Filosoficamente.
>
> Única lei do mundo. Expressão mascarada de todos os individualismos, de todos os coletivismos. De todas as religiões. De todos os tratados de paz.
>
> *Tupi, or not tupi that is the question.*
>
> Contra todas as catequeses. E contra a mãe dos Gracos. Só me interessa o que não é meu. Lei do homem. Lei do antropófago (Andrade, 1976, [s. p.]).

Notamos que o manifesto apresenta certo desprezo às convenções e às formalidades da norma culta, demonstrando a língua coloquial como digna de ser apreciada. Analise o poema a seguir:

Pronominais

<table>
<tr><td>Dê-me um cigarro</td><td>Mas o bom negro e o bom branco</td></tr>
<tr><td>Diz a gramática</td><td>Da Nação Brasileira</td></tr>
<tr><td>Do professor e do aluno</td><td>Dizem todos os dias</td></tr>
<tr><td>E do mulato sabido</td><td>Deixa disso camarada</td></tr>
<tr><td></td><td>Me dá um cigarro</td></tr>
</table>

(Andrade, 1966, p. 154).

6.3.1.3 *Manuel Bandeira*

Nascido no Recife em 1886 e falecido em 1968, Manuel Carneiro de Souza Bandeira Filho enfrentou uma juventude marcada pela fragilidade de sua saúde, devido à tuberculose, o que o conduziu a uma existência permeada pela incerteza em relação ao porvir. No entanto, em 1917, o poeta lançou seu inicial livro de poesia intitulado *A cinza das horas*. O tom sombrio presente nessa obra está intrinsecamente ligado a elementos autobiográficos, uma vez que foi concebida durante o período em que Bandeira travava uma batalha contra sua enfermidade.

No ano de 1937, Bandeira recebeu o prêmio da Sociedade Felipe d'Oliveira e logo depois, em 1946, conquistou o prêmio do Instituto Brasileiro de Educação e Cultura, ambos pelo conjunto da obra. Uns anos antes do último prêmio citado, em 29 de agosto de 1940, foi eleito o terceiro ocupante da Cadeira 24 da Academia Brasileira de Letras.

Embora seja mais reconhecido por sua associação com o modernismo brasileiro, os primeiros poemas de Manuel Bandeira exibem características do parnasianismo e do simbolismo. Posteriormente, o poeta aderiu ao modernismo e também se dedicou à produção de poesia concretista, como *Ponteio*:

```
dever
      de ver
            tudo verde
            tudo negro
                        verde-negro
                              muito verde
                              muito negro

      ver de dia
                  ver de noite
                        verde noite
                              negro dia
                              verde-negro

      verdes vós
                  verem eles
                  virem eles

      virdes vós
                  verem todos
                        tudo negro
                        tudo verde
                              verde-negro
```

(Bandeira, 1919 *apud* Campedelli; Souza, 2003).

6.3.2 Segunda fase modernista: poesia

A segunda fase, denominada ideológica, abrange o período que vai de 1930 a 1945. Durante esse intervalo, ocorre a concretização do projeto ideológico que teve início na fase anterior. A fase ideológica reflete, de certa forma, a crise da sociedade da época, abordando temas como a posição do ser no mundo, a angústia existencial, a dimensão surrealista da vida, a solidão, além do envolvimento político e da exploração econômica do ser humano.

6.3.2.1 *Cecília Meireles*

Cecília Benevides de Carvalho Meireles nasceu em 1901 e faleceu no ano de 1964. Perdeu os pais logo na infância e foi criada pela avó. Cecília Meireles desempenhou os papéis de escritora, jornalista, professora e pintora, sendo reconhecida como uma das mais importantes poetisas do Brasil. Sua obra, de cunho introspectivo, manifesta uma influência expressiva da psicanálise, focalizando-se na abordagem social. Apesar de apresentar características simbolistas, Cecília alcançou destaque na segunda fase do modernismo brasileiro, integrando o grupo de poetas que consolidaram a *Poesia de 30*.

Ao estrear em 1919 com *Espectros*, a poetisa expressou, nos seus primeiros poemas, a relação conflituosa entre as duas correntes predominantes naquele período: o parnasianismo, com seu ideal de "arte pela arte", e o simbolismo, mais espiritualizado, que buscava resgatar o mistério para além da realidade, mistério este negado veementemente pela ciência. No entanto, foi com *Viagem*, publicada em 1939, que Cecília definiu seu estilo e os princípios fundamentais de sua criação poética, que, segundo Coelho (2002), incluíam o questionamento existencial que oscila entre a exaltação da vida e o desânimo diante da certeza do fim, a percepção e a redescoberta da condição humana, a revalorização do espetáculo do mundo decorrente da existência, e a intuição de que a poesia é o canal para revelar ao indivíduo os segredos da vida. Tais temas são evidenciados no poema *Motivo*, como demonstram a primeira e a última estrofe:

Eu canto porque o instante existe

e a minha vida está completa.

Não sou alegre nem sou triste:

sou poeta.

[...]

Sei que canto. E a canção é tudo.

Tem sangue eterno a asa ritmada.

E um dia sei que estarei mudo:

— mais nada.

(Meirelles *apud* Golstein; Barbosa, 1982, p. 13).

6.3.2.2 Murilo Mendes

Murilo Monteiro Mendes nasceu em Minas Gerais em 13 de maio de 1901 e faleceu em 13 de agosto de 1975 em Lisboa, Portugal. Ele foi um poeta brasileiro que integrou o Segundo Tempo Modernista. Recebeu o Prêmio Graça Aranha com seu primeiro livro, *Poemas*, e participou do Movimento Antropofágico, que buscava uma conexão com as raízes do Brasil. Iniciou seus estudos em sua cidade natal. Entre 1912 e 1915, dedicou-se ao estudo da poesia e literatura. Em 1917, mudou-se para Niterói e ingressou no Colégio Interno Santa Rosa, mas, posteriormente, fugiu do colégio, recusando-se a retornar. Nesse mesmo ano, foi para o Rio de Janeiro com seu irmão mais velho, o engenheiro José Joaquim, que o empregou como arquivista na Diretoria do Patrimônio Nacional.

A partir de 1920, começou a colaborar no jornal A Tarde, de Juiz de Fora, produzindo artigos para a coluna *Chronica mundana* com a assinatura MMM e, posteriormente, utilizando o pseudônimo "De Medinacelli". Em

1924, passou a escrever poemas para duas revistas modernistas: *Terra Roxa e Outras Terras* e *Antropofagia*.

Em 1930, lançou seu primeiro livro, *Poemas*, revelando, nessa fase inicial de sua poesia, a influência do movimento modernista ao abordar temas e procedimentos característicos do modernismo brasileiro dos anos 1920, como nacionalismo, folclore, linguagem coloquial, humor e paródia. Ele também escreveu obras como *Bumba-meu-preta* (1930) e *História do Brasil* (1932).

Candido (1999) afirma que Murilo era o poeta dos contrastes e dos contrários, aludindo que ele iniciou sua trajetória na poesia humorística e, após ser influenciado pelo surrealismo, retornou à fé católica. Ainda afirma Candido (1999) que essa mudança o conduziu a uma expressão repleta de sentimento pelo mistério e transcendência, evidenciando um completo entendimento do caráter insólito presente em nossa poesia contemporânea.

O crítico enfatiza, caro estudante, que, devido à extensão de sua obra, Murilo Mendes demanda do leitor uma adesão sem concessões, por isso a ideia de se precisar acolher o universo que o autor constrói, cuja rotina chega a ser extraordinária, assemelhando-se a um milagre que pode irromper e, dessa forma, modificar a ordem comum das coisas. Moisés (2010) declara que, ao mesclar "o prosaico e o lírico, o coloquial e o erudito, o irreal e o real, o signo claro e o símbolo hermético", a poesia de Murilo reserva enigmas e diversas possibilidades analíticas. Observemos o surrealismo presente no autor no poema *Duas mulheres* e perceba que a conexão entre imagens oníricas, provenientes da vanguarda surrealista, origina-se do trágico, de uma perspectiva abstrata, oculta e católica do mundo:

Duas mulheres na sombra

Decifram o alfabeto oculto,
Ouvem o contraste das ondas,
Falam com os deuses de pedra.

Dançam a roda, murmuram,
Decifram o enigma das sombras,
Uma triste, outra morena,
Ambas são ágeis e esbeltas,
Vestem roupagens de nuvens,
Segredam amores eternos,
Tocam súbito a corneta
Para despertar os peixes.

Duas mulheres na sombra
Encarnando lua e árvore
Decifram o alfabeto oculto

(Mendes, 1959, p. 178 *apud* Moisés, 2010, p. 477).

6.3.2.3 *Vinicius de Moraes*

Marcus Vinicius de Melo Moraes (1913-1980) originário do Rio de Janeiro, destacou-se como um dos artistas brasileiros mais significativos. Ao longo de seus quase 67 anos, deixou um legado notável em diversas formas de expressão, tanto literárias quanto musicais. Além de ser um dos ícones da Música Popular Brasileira (MPB), desempenhou papéis como escritor, poeta, jornalista, crítico de cinema, diplomata, entre outros. Em resumo, foi uma das figuras proeminentes na cultura do Brasil no século XX.

A partir da obra subsequente, Forma e exegese (1935), conforme Moisés (1980) destaca, os versos do poeta passam por uma mudança de perspectiva, transformando-se em versos parágrafos. Essa transformação simboliza a expansão do espaço interior do eu lírico, representando uma ampliação do próprio eu, que aspira transcender os limites entre matéria e espírito, humano e divino. Desse posicionamento emerge uma reflexão pessoal profunda. Nesse contexto, a figura feminina assume relevância e ocupa um lugar central, transformando-o, de acordo com Bosi (2007), "depois de Bandeira, [n]o mais intenso poeta erótico da poesia brasileira moderna". Alguns versos do poema A Mulher que passa confirmam essa perspectiva:

> Meu Deus, eu quero a mulher que passa
> Seu dorso frio é um campo de lírios
> Tem sete cores nos seus cabelos
> Sete esperanças na boca fresca!
> Oh, como és linda, mulher que passas
> Que me sacias e suplicias
> Dentro das noites, dentro dos dias!
>
> Teus sentimentos são poesia
> Teus sofrimentos, melancolia.
> Teus pêlos leves são relva boa
> Fresca e macia.
> Teus belos braços são cisnes mansos
> Longe das vozes da ventania.
> Meu Deus, eu quero a mulher que passa!

(Moraes, 1936 *apud* Abdala Jr.; Campedelli, 1986, p. 239).

PRÉ-MODERNISMO AO MODERNISMO

Percebam que, por meio de um processo sinestésico, a mulher é retratada de forma espiritualizada, idealizada e platonizada. Existe uma certa divinização do feminino, em que são transferidas para essa mulher as esperanças e ansiedades do eu lírico.

6.3.2.4 *Carlos Drummond de Andrade*

Carlos Drummond de Andrade nasceu em Itabira, no interior de Minas Gerais em 1902 e faleceu em 1987. Iniciou seus estudos primários em Friburgo e Belo Horizonte, depois frequentou o Colégio Anchieta, no Rio de Janeiro. Após ser expulso por "insubordinação mental", mudou-se para Belo Horizonte, onde colaborou com a imprensa enquanto cursava Farmácia. Nesse período, estabeleceu amizade com diversos modernistas, incluindo Mário e Oswald, Ribeiro Couto e Tarsila do Amaral

Carlos Drummond de Andrade (1902-1987) destacou-se como um dos maiores poetas brasileiros do século XX. O verso "No meio do caminho tinha uma pedra / tinha uma pedra no meio do caminho" é parte de um de seus poemas mais reconhecidos. Além de atuar como cronista e contista, Drummond alcançou maior destaque na poesia. Ele foi o poeta que melhor expressou o espírito da segunda geração modernista, com uma poesia que colocava em xeque a existência humana.

Os temas do cotidiano, da família, da solidão e do tédio são expressos por meio de uma linguagem coloquial, cheia de ironia e de um tipo de humor que descreve um mundo desencantado, onde as emoções são contidas. Nessa fase, destacam-se as obras *Alguma poesia* (1930), *Brejo das almas* (1934) e *Sentimento do mundo* (1940). Esta última, por sua vez, já estabelece a transição para a segunda fase. Um clássico dessa fase inicial é o *Poema de sete faces*, que abre o seu primeiro livro, cujas três primeiras estrofes estão a seguir:

Quando nasci, um anjo torto
desses que vivem na sombra
disse: Vai, Carlos! ser gauche na vida.

As casas espiam os homens
que correm atrás de mulheres.
A tarde talvez fosse azul,
não houvesse tantos desejos.

O bonde passa cheio de pernas:
pernas brancas pretas amarelas.
Para que tanta perna, meu Deus, pergunta meu coração.
Porém meus olhos
não perguntam nada.

(De Andrade, 2013, p. 11).

Essa composição adota uma configuração prismática, influenciada pelo cubismo, que viabiliza a apreensão dos múltiplos ângulos desse ego totalmente contorcido, cujo fundamento primordial é estabelecido em sua estreia: o gauche é o indivíduo à esquerda, enviesado, aquele que engendra certezas e incertezas com a finalidade de negar, de não edificar algo.

6.3.3 Segunda fase modernista: prosa

Caro estudante, a prosa na segunda etapa do modernismo brasileiro é contextualizada pelo advento da Era Vargas (1930-1945), uma época caracterizada por progressos e regressões sociais. Isso porque a industrialização implementada nesse intervalo não se traduziu em uma melhora na qualidade de vida para grande parte da população brasileira.

6.3.3.1 *José Américo de Almeida*

José Américo de Almeida viu a luz do mundo em 1887, no solo paraibano. Aos 9 anos, perdeu seu genitor e foi tutelado pelo tio, o reverendo Odilon Benvindo. No ano de 1903, deu início à sua jornada acadêmica no curso de direito na Faculdade de Recife. Posteriormente, recebeu nomeação para a elevada posição de procurador-geral do Estado.

O romance, que marcaria o início da produção da literatura de protesto de teor regionalista em nossa nação, desenrola-se durante um dos mais intensos períodos de estiagem registrados no curso do século XIX, especificamente em 1898. As personagens centrais são uma família de migrantes que fogem das adversidades da seca. Ao baterem à porta de um latifundiário, Dagoberto Marçal, em busca de trabalho e abrigo, são acolhidos por ele. Mais adiante, descobrimos que a aceitação se deve, em parte, ao interesse inicial de Dagoberto pela jovem Soledade, filha dos migrantes. Analisaremos agora um trecho da obra para, posteriormente, discutir os aspectos estéticos presentes no texto de José Américo.

> Homens do sertão, obcecados na mentalidade das reações cruentas, não convocavam as derradeiras energias num arranque selvagem. A história das secas era uma história de passividades. Limitavam-se a fitar os olhos terríveis nos seus ofensores. Outros ronronavam.
>
> como se estivessem engolindo golfadas de ódio.
>
> E nas terras copiosas, que lhes denegavam as promessas vistoriadas, goravam seus sonhos de redenção. Dagoberto olhava por olhar, indiferente a essa tragédia viva. A seca representava a valorização da safra. Os senhores de engenho, de uma avidez vã, refaziam-se da depreciação dos tempos normais à custa da desgraça periódica.

O feitor alvitrava a admissão dos retirantes:

— Paga-se pouco mais ou nada...

Mas Dagoberto escarmentava a convergência molesta. Desafogava a fazenda da superpopulação imprestável, consignada à caridade pública (Almeida, 1978, p. 33).

Atente, caro estudante, que conforme assinala Bosi (2006), A *bagaceira* não atinge o patamar de expressividade alcançado pelos prosadores regionalistas nordestinos que surgiram no contexto do naturalismo, a exemplo de Domingos Olímpio e Manuel de Oliveira Paiva. No entanto, a obra apresenta relevância ao proporcionar elementos que seriam valorizados pelos autores da geração de 30, tais como o tratamento da linguagem coloquial de forma mais consistente, alguns traços do impressionismo na delineação de cenas e acontecimentos, além do tom crítico e reivindicativo da narrativa, que se destina a expor as adversidades enfrentadas pelo povo sertanejo, desamparado pelo Estado e à mercê dos abusos dos coronéis locais.

6.3.3.2 Graciliano Ramos

Graciliano Ramos veio ao mundo em 1892, na localidade de Quebrângulo, Alagoas, sendo um dos 13 descendentes de um casal sertanejo pertencente à classe média. Ausente de uma trajetória acadêmica, exerceu a função de jornalista e assumiu o cargo de prefeito na cidade de Palmeira dos Índios (AL). Estabeleceu amizade com outros representantes do regionalismo e integrou o Partido Comunista Brasileiro, sendo detido em 1936 por alguns meses, sob a acusação de subversão, episódio que o motivou a redigir a obra *Memórias do cárcere* (1953). Posteriormente, Graciliano transferiu-se para o Rio de Janeiro – que, naquela época era a capital do Brasil –, onde atuou como romancista e autor de narrativas infantis.

Campedelli e Souza (2003) alegam que os temas abordados por Graciliano Ramos são ásperos e dolorosos, com ênfase em elementos como a fome, o desespero, a opressão e a exploração vivenciados pelo povo sertanejo durante os períodos de seca. Essa abordagem evidencia o tom crítico de sua prosa, caracterizada por um estilo direto, incisivo e objetivo, como podemos perceber no trecho subsequente, retirado do icônico *Vidas secas*, no qual é narrado o sacrifício da cachorra Baleia pelas mãos de Fabiano, o patriarca de discurso monossilábico que percorre o sertão em busca de condições melhores para sua família.

É relevante ressaltar que, embora a narrativa se concentre na triste condição do povo migrante afetado pela seca, refletindo essa "aridez" também na linguagem utilizada, o lirismo presente na prosa de Graciliano permanece vigoroso, contribuindo para fortalecer a empatia em relação a essas personagens.

> A cachorra Baleia estava para morrer. Tinha emagrecido, o pelo caíra-lhe em vários pontos, as costelas avultavam num fundo róseo, onde manchas escuras supuravam e sangravam, cobertas de moscas. As chagas da boca e a inchação dos beiços dificultavam-lhe a comida e a bebida.
>
> Por isso, Fabiano imaginara que ela estivesse com um princípio de hidrofobia e amarrara-lhe no pescoço um rosário de sabugos de milho queimados. Mas Baleia, sempre de mal a pior, roçava-se nas estacas do curral ou metia-se no mato, impaciente, enxotava os mosquitos sacudindo as orelhas murchas, agitando a cauda pelada e curta, grossa nas bases, cheia de moscas, semelhante a uma cauda de cascavel. Então Fabiano resolveu matá-la. Foi buscar a espingarda de pederneira, lixou-a, limpou-a com o saca-trapo e fez tenção de carregá-la bem para a cachorra não sofrer muito.

Sinhá Vitória fechou-se na camarinha, rebocando os meninos assustados, que adivinhavam desgraça e não se cansavam de repetir a mesma pergunta:

— Vão bulir com a Baleia?

Tinham visto o chumbeiro e o polvarinho, os modos de Fabiano afligiam-nos, davam-lhes a suspeita de que Baleia corria perigo. Ela era como uma pessoa da família: brincavam juntos os três, para bem dizer não se diferenciavam, rebolavam na areia do rio e no estrume fofo que ia subindo, ameaçava cobrir o chiqueiro das cabras (Ramos, [s. d.], [s. p.]).

Segundo Bosi (2006), *São Bernardo* é outro destaque da obra de Ramos em prosa em que é a perspectiva narrativa em primeira pessoa evidenciará sua efetiva potência à medida que conseguirá moldar o grau de consciência de um indivíduo que, após árduos esforços, garantiu seu espaço no mundo, absorvendo ao longo de sua extensa jornada toda a agressividade latente em um sistema de competição.

6.3.3.3 Jorge Amado

Jorge Amado de Faria nasceu em 1912, em Salvador, proveniente de família ligada à agricultura. Cursou os estudos iniciais em Ilhéus e, após começar a educação secundária em Salvador, concluiu-a no Rio de Janeiro. É nessa metrópole que o escritor inaugura sua trajetória como repórter e, paralelamente, sua vida noturna. Participou da efêmera Academia dos Rebeldes durante os tumultuados anos 1920 do movimento modernista. Influenciado de maneira significativa pelo marxismo, Jorge Amado é caracterizado por Bosi (2006, p. 405) como um "fecundo contador de histórias regionais".

É de extrema importância que, para nossos estudos, segundo as observações de Campedelli e Souza (2003), Jorge Amado revela em sua vasta e constante produção literária dois momentos cruciais: o inicial é caracterizado pela divulgação de obras voltadas à crítica social, concentrando-se na denúncia da exploração dos trabalhadores e em sua resistência contra as opressões enfrentadas. Nessa fase, destacam-se títulos como *Cacau* e *Capitães da areia*. O outro momento compreende a criação que explora as tradições locais, evidenciada em obras como *Dona Flor e seus dois maridos* e *Tieta do Agreste*. A seguir, apresentamos um trecho do romance proletário *Cacau*, no qual é possível observar a análise de Amado em relação às disparidades sociais.

> Ficaram olhando. Como era grande a casa do coronel... E morava tão pouca gente ali. O coronel, a mulher, a filha e o filho, estudante, que nas férias aparecia, elegante, estúpido, tratando os trabalhadores como escravos. E olharam as suas casas, as casas onde dormiam. Estendiam-se pela estrada. Umas vinte casas de barro, cobertas de palha, alagadas pela chuva.
>
> – Que diferença...
>
> – A sorte é Deus quem dá.
>
> – Qual Deus... Deus também é pelos ricos...
>
> – Isso é mesmo.
>
> – Eu queria ver o Mané Frajelo dormir aqui.
>
> – Devia ser divertido.
>
> Colodino acendia um cigarro. Honório pegou da foice de podar os cacaueiros e contou:
>
> – A roça lá detrás do rio tá assinzinha de cacau. Um safrão.
>
> – Esse ano o homem colhe umas oitenta mil.
>
> Nós ganhávamos três mil e quinhentos por dia e parecíamos satisfeitos. Ríamos e pilheriávamos. No entanto nenhum de

nós conseguia economizar um tostão que fosse. A despensa levava todo nosso saldo. A maioria dos trabalhadores devia ao coronel e estava amarrada à fazenda. Também quem entendia as contas de João Vermelho, o despenseiro? Éramos todos analfabetos. Devíamos... Honório devia mais de novecentos mil-réis e agora nem podia se tratar. Um impaludismo crônico quase o impedia de andar (Amado, 2000, p. 11).

6.3.3.4 José Lins do Rego

José Lins do Rego Cavalcanti, nascido em 1901 na Paraíba, proveniente de família de proprietários de engenho, concluiu seus estudos secundários em Itabaiana. Posteriormente, graduou-se em Direito no Recife, durante o curso estabeleceu contato com figuras proeminentes, como José Américo de Almeida e Gilberto Freyre, dedicadas à análise das condições nas regiões Norte e Nordeste no início do século. Mais tarde, em Maceió, o autor aproximou-se de Jorge Lima e Graciliano Ramos, unindo-se a eles na defesa da prosa regionalista.

De sua extensa obra, salientam-se as que constituem o denominado ciclo da cana-de-açúcar, a saber: *Menino de engenho* (1932), *Doidinho* (1933), *Banguê* (1934), *Usina* (1936) e *Fogo morto* (1943). Esses romances compartilham características como a intensa crítica social, a tonalidade poética, a presença de elementos da oralidade e vestígios autobiográficos, bem como a exploração psicológica aprofundada dos homens e mulheres nordestinos que vivenciaram os impactos da ascensão e queda do sistema canavieiro brasileiro. Observe um trecho de *Fogo morto* para refletirmos sobre o que fora comentado dos aspectos estéticos do escritor.

[...] Na casa-grande do engenho do capitão Tomás, a tristeza e o desânimo haviam tomado conta até de D. Amélia. Não tinha coragem de sair de casa com aquela afronta, ali a dois passos, com um morador atrevido sem levar em conta as ordens do senhor de engenho. Todos na várzea se acovardaram com as ordens do cangaceiro. O governo mandava tropa que maltratava o povo, e a força do bandido não se abalava. (...)

Um dia apareceu um sujeito bem-montado, com arreios finos, e vestido de grande. Era um catingueiro de Caldeirão que soubera que o engenho estava à venda, e vinha saber das condições.

Seu Lula quase que não ouvia o que o homem falava. D. Amélia apareceu, então, para conversar. Não havia engenho nenhum à venda. Foi quando o marido perguntou, como se tivesse acordado:

— Como? O que foi, hein, Amélia?

— Este senhor está aí porque soube que o Santa Fé estava à venda.

— Como! Quem lhe disse isto?

O homem desculpou-se, e continuou a falar. Tinha vontade de comprar terra na várzea. Aquilo é que era terra! E havia sabido que o Santa Fé estava quase sem safrejar e, por isto, se botara para falar do assunto. Pedia desculpa, e ia se retirar, quando seu Lula lhe falou em voz alta:

— Sim senhor, vou sair daqui para o cemitério, hein, pode dizer por toda parte (Rego, 2010, p. 234-236).

Segundo Bosi (2006, p. 399), nesse romance, identificamos, especialmente por meio da caracterização de figuras como José Amaro, Capitão

Vitoriano e Coronel Lula de Holanda, manifestações "expressões maduras dos conflitos humanos de um Nordeste decadente", minuciosamente observadas pelo autor. Essas colocações evidenciam a narrativa de José Lins do Rego como detentoras de características memorialistas.

6.3.3.5 Rachel de Queiroz

Rachel de Queiroz nasceu em Fortaleza, Ceará, em 17 de novembro de 1910, filha de Daniel de Queiroz Lima e Clotilde Franklin de Queiroz. Com apenas 45 dias, a família se mudou para a Fazenda Junco, em Quixadá. Em 1913, retornaram a Fortaleza, onde seu pai assumiu como promotor. Devido a seca no Nordeste a partir de 1915, em 1917 a família se estabeleceu no Rio de Janeiro, retornando a Fortaleza em 1919. Em 1921, Rachel ingressou no Colégio Imaculada Conceição, graduando-se professora aos 15 anos, em 1925.

Em 1927, utilizando o pseudônimo de Rita de Queluz, Rachel ironizou um concurso de Rainha dos Estudantes em uma carta para o jornal O Ceará. O sucesso da carta a levou a colaborar no jornal, organizando a página literária e publicando o folhetim História de um nome. Nesse período, também lecionou história como professora substituta no Colégio Imaculada Conceição.

Rachel de Queiroz fez história ao se tornar a primeira mulher a fazer parte da Academia Brasileira de Letras e a receber o Prêmio Camões. Queiroz não foi apenas escritora, mas também exerceu as funções de jornalista, tradutora e teatróloga. Seu primeiro romance, O Quinze, recebeu o prêmio da Fundação Graça Aranha, e Memorial de Maria Moura foi adaptado para uma minissérie de televisão.

Afiliou-se ao Partido Comunista Brasileiro; contudo, de maneira contraditória, endossou o golpe de 1964. Algumas características marcantes da autora incluem a prosa regionalista de escrita concisa, as influências neorrealistas e a abordagem de questões sociais, notavelmente em O Quinze e João

Miguel, seus primeiros escritos. Posteriormente, suas últimas crônicas revelaram uma inclinação conservadora, embora seu estilo de prosa direta e vibrante tenha perdurado (Bosi, 2006). Observe um trecho de *O Quinze*:

> Depois de se benzer e de beijar duas vezes a medalhinha de São José, dona Inácia concluiu:
>
> "Dignai-vos ouvir nossas súplicas, ó castíssimo esposo da Virgem Maria, e alcançai o que rogamos. Amém."
>
> Vendo a avó sair do quarto do santuário, Conceição, que fazia as tranças sentada numa rede ao canto da sala, interpelou-a: — E nem chove, hein, Mãe Nácia? Já chegou o fim do mês... Nem por você fazer tanta novena...
>
> Dona Inácia levantou para o telhado os olhos confiantes: — Tenho fé em São José que ainda chove! Tem-se visto inverno começar até em abril.
>
> Na grande mesa de jantar onde se esticava, engomada, uma toalha de xadrez vermelho, duas xícaras e um bule, sob o abafador bordado, anunciavam a ceia: — Você não vem tomar o seu café com leite, Conceição? A moça ultimou a trança, levantou-se e pôs-se a cear, calada, abstraída (Queiroz, 1973, p. 29).

6.4 Guia de Aprendizagem

1) Entre os renomados representantes da terceira fase do modernismo, denominada geração de 45, destaca-se o escritor João Guimarães Rosa, responsável por uma série de contos e romances, sendo *Grande sertão: veredas*

uma de suas obras mais destacadas. Explore as principais características da prosa de Guimarães Rosa.

2) Clarice Lispector representa uma figura de importância crucial para a literatura brasileira, notabilizando-se, especialmente, pela consolidação do romance psicológico na prosa do país. Relacione as características mais marcantes da prosa de Clarice Lispector.

3) A produção literária atual revela-se como um fenômeno intricado, pois, ao contrário de cenários passados, não se identifica nela uma uniformidade estética que una seus escritores. Consequentemente, uma pluralidade de estilos e tópicos permeia a literatura contemporânea. Nesse contexto, aborde a conjuntura, os temas preeminentes e os atributos da produção literária dos anos 1970.

6.5 Além do conhecimento

Para estudarmos o próximo capítulo, estimulamos a leitura da obra *Literatura brasileira contemporânea: um território contestado* – da autora Dalcastagnè –, que oferece uma análise aprofundada sobre a narrativa contemporânea brasileira. A visão derivada dos romances e contos brasileiros das últimas décadas é construída a partir da minuciosa interpretação de um conjunto representativo de obras, as quais evidenciam as estratégias discursivas que, por sua vez, abarcam diversos métodos estéticos e variados interesses políticos. O espaço disputado na literatura brasileira contemporânea é aquele onde a expressão e o tema populares buscam obter legitimidade, desafiando o monopólio da voz e resultando em confrontos entre os criadores e as questões do seu tempo que não estão predefinidos.

Capítulo 7

VOZES CONTEMPORÂNEAS

TENDÊNCIAS E REFLEXÕES NA LITERATURA ATUAL

A arte é fluida. A literatura é arte. A arte das palavras. Acreditamos que, com este capítulo de encerramento, caro estudante, você tenha percebido isso. A crítica literária tem várias correntes que devem ser estudadas em um outro momento – fica a cargo da Teoria da Literatura ou de sua historiografia.

No entanto, abrimos um parêntese aqui para informar-lhe que, quanto mais para próximo de nós, não temos escola literária bem definida, temos tendências. Isso porque a arte ainda está sendo construída. Imagine que seja um quadro que o pintor ainda não concluiu, para sermos mais didáticos.

Portanto, este capítulo não se encerra em si, mas o apresentaremos como uma reflexão. Haverá momentos em que muitos críticos discordarão, e estará tudo bem. Nossa pretensão é apenas informá-los do que está em voga – e, para isso, propomos um pensamento: o que será da literatura com as novas mídias digitais? Hoje qualquer pessoa se torna autor, e milhares consomem as páginas de tabloides e plataformas. Você conhece e/ou já leu alguma obra da Amazon®, Wattpad® ou similares?

Objetivos deste capítulo:

- Explorar as diversas vozes contemporâneas da literatura.
- Analisar as tendências literárias da pós-modernidade até o início do século XXI.
- Refletir sobre questões sociais e culturais de diversos grupos sociais na literatura.
- Estudar as novas formas de expressão literária.
- Promover diálogo entre tradição e inovação.

Vamos começar pela pós-modernidade, então.

7.1 Narrativas fragmentadas: o pós-modernismo na literatura brasileira

O pós-modernismo na literatura brasileira se manifesta por meio de narrativas fragmentadas, rompendo com a linearidade tradicional das histórias em um estilo literário, que ganhou força a partir da segunda metade do século XX. Ele reflete a influência de correntes filosóficas e culturais que questionam as verdades incontestáveis e buscam desconstruir as estruturas narrativas convencionais em um contexto em que autores brasileiros exploram a multiplicidade de perspectivas, utilizando técnicas como a quebra da linearidade temporal, a inserção de diferentes vozes narrativas e a mistura de gêneros literários.

Um exemplo que marca a narrativa fragmentada na literatura brasileira é a obra *Grande sertão: veredas*, de João Guimarães Rosa. Nesse romance, a trama se desenrola de forma não linear, mesclando memórias, diálogos e reflexões do protagonista Riobaldo. A complexidade da narrativa desafia as convenções literárias tradicionais, convidando o leitor a explorar os labirintos da linguagem e da subjetividade.

> Explico ao senhor: o diabo vige dentro do homem, os crespos do homem – ou é o homem arruinado, ou o homem dos avessos. Solto, por si, cidadão, é que não tem diabo nenhum. Nenhum! – é o que digo. O senhor aprova? Me declare tudo, franco – é alta mercê que me faz: e pedir posso, encarecido. Este caso – por estúrdio que me vejam – é de minha certa importância. Tomara não fosse... Mas, não diga que o senhor, assisado e instruído, que acredita na pessoa dele?! Não? Lhe agradeço! Sua alta opinião compõe minha valia. Já sabia, esperava por ela – já o campo! Ah, a gente, na velhice, carece de ter sua aragem de descanso. Lhe agradeço. Tem diabo nenhum. Nem espírito. Nunca vi. Alguém devia de ver, então era eu mesmo, este vosso servidor. Fosse lhe contar... Bem, o diabo regula seu estado preto, nas criaturas, nas mulheres, nos homens. Até: nas crianças – eu digo. Pois não é ditado: "menino – trem do diabo"? E nos usos, nas plantas, nas águas, na terra, no vento... Estrumes. (Rosa, 1994, p.7)

Outro autor que contribui para o panorama das narrativas fragmentadas é Rubem Fonseca. Em obras como *Agosto*, ele emprega uma estrutura narrativa não linear e utiliza diferentes perspectivas para contar uma história polifônica e multifacetada. Essa abordagem literária, característica do pós-modernismo, permite ao autor explorar a ambiguidade, a incerteza e a diversidade de experiências.

7.1.1 Guimarães Rosa

João Guimarães Rosa nasceu em Cordisburgo, Minas Gerais, no dia 27 de junho de 1908. Começou cedo a se dedicar ao estudo de idiomas (francês, alemão, holandês, inglês, espanhol, italiano, esperanto, russo, latim e grego). Realizou os estudos secundários num colégio alemão no Brasil, em Belo Horizonte. Pouco antes de ingressar na Universidade, em 1929, Guimarães já demonstrava sua habilidade nas letras, começando a elaboração de seus primeiros contos. Em 1930, muito jovem, concluiu o curso na Faculdade de Medicina da Universidade de Minas Gerais, aos 22 anos. Nesse ano, uniu-se em matrimônio com Lígia Cabral Penna, de quem teve duas filhas. Desempenhou a função de oficial médico no 9º Batalhão de Infantaria e, em 1934, aos 26 anos, ingressou na carreira diplomática, integrando o quadro do Itamaraty.

Guimarães Rosa tornou-se Patrono da Cadeira nº 2 na Academia Brasileira de Letras, assumindo-a três dias antes de seu falecimento, em 16 de novembro de 1967. Em seu discurso de posse, de maneira intrigante, suas palavras realçaram o tema da morte:

> "Mas – o que é um pormenor de ausência. Faz diferença?
>
> "Choras os que não devias chorar. O homem desperto nem pelos mortos nem pelos vivos se enluta" – Krishna instrui Arjuna, no Bhágavad Gita. A gente morre é para provar que viveu. Só o epitáfio é fórmula lapidar. (...) Alegremo-nos, suspensas ingentes lâmpadas. E: "Sobe a luz sobre o justo e

dá-se ao teso coração alegria!" – desfere então o salmo. As pessoas não morrem, ficam encantadas." (Rosa, 1967).

Guimarães Rosa publicou *Sagarana* (contos, 1946), *Corpo de baile*, que fora um ciclo de novelas de 1956, que desde 1964 se desdobrou em três volumes: *Manuelzão e Miguilim, No urubuquaquá, no pinhém* e *Noites do sertão*, como já mencionado *Grande sertão: veredas* (romance, 1956), *Primeiras estórias* (1962), *Tutameia: Terceiras estórias* (1967), *Estas estórias* (1969, póstumo). Encontra-se, ainda, *Magma*, poemas inéditos.

Caro estudante, é importante destacar que a notável inovação de Rosa surge de sua criação linguística. Aqui se encontra a sua contribuição única para a expressão literária nacional. Ele inventa termos, desvenda associações inesperadas, reproduz sons da natureza ainda não documentados, entre outros feitos. Essa transformação reside no aspecto de que o conteúdo de sua narrativa é proferido pelos jagunços e vaqueiros do interior mineiro, originando assim a característica de oralidade e expressões singulares, conforme evidenciado neste fragmento de *Buriti*, uma novela integrante das *Noites do Sertão*, posteriormente reunida em *Corpo de baile*:

> Então, o xororó pia subindo uma escadinha – quer sentir o seu do sol. Mas o que demora para vir, o que não vem, é mesmo esse fim da noite, a aurora rosiclara. Onde agora, é o miolo maior, trevas. Horas almas. A coruja, cuca. O silêncio se desespumava. A coruja conclui. Meu corpo tremeu, mas só do tremer que ainda é das folhagens e águas. Para ouvir o do chão, a coruja entorta a cabeça, abaixando um ouvido despido. Ela ouve as direções. A jararaca-verde sobe em árvores – Ih... Oúú, o ùú, enchemenche, aventesmas... O vento úa, morrentemente, avuve, á uma oada – ele igreja as árvores. A noite é cheia de imundícies. A coruja desfecha

os olhos. Agadanha com possança. E õe e rõe, ucrú de ío a úo, virge-minha, tiritim: eh, bicho não tem gibeira... Avougo. Ou oãoão, e psiuzinho. Assim: tisque, tisque... Ponta de luar, pecador. O urutau, em veludo. Í-éé... Í-éé... Ieu... Treita do crespo de outro bicho, de unhar e roer, no escalavro. Nos tris-e-triz, a minguável... (Rosa, 1984, p. 96).

Perceba que a passagem demanda grande atenção do leitor, uma vez que o componente sonoro prevalece sobre os demais. Essa obra é moldada a partir da perspectiva do chefe Ezequiel, um habitante do sertão que permanece acordado durante a noite; por essa razão, o personagem aprimora sua capacidade auditiva e, dessa forma, familiariza-se com todos os sons emitidos pelos animais noturnos.

7.1.2 Clarice Lispector

Clarice Lispector (1920-1977) nasceu em Chechelnyk, na Ucrânia, e logo imigrou para o Brasil. Passou a infância em Maceió e Recife, tendo se mudado para o Rio de Janeiro aos 12 anos. Ela se formou em direito e conheceu o marido, Maury Gurgel Valente, na faculdade. Começou a trabalhar como jornalista e tradutora e viveu muitos anos no exterior (Nápoles, Berna, Torquay, e algumas cidades dos EUA), graças à ocupação de Morley como diplomata de carreira. Ela se separou do marido e morou no Brasil com os dois filhos. Em 1977, morreu de câncer.

Clarice Lispector redimensionou a literatura brasileira ao lado de Guimarães Rosa. Enquanto Rosa revigorou o regionalismo, elevando-o ao nível cósmico por meio da experimentação linguística, Lispector teve maior destaque por meio do romance psicológico. Sabe-se que a literatura brasileira estava repleta de romances regionalistas, como os de Jorge Amado, Rachel de

Queiroz e Graciliano Ramos, porém Clarice apresentou narrativas intimistas, ao contrário do que se esperava para sua geração, com texto isento de grandes ações externas, traçado em enredos fragmentados e de sondagem profunda revelando o íntimo das personagens complexas e cheias de nuances. Como diz Bosi (2007), apresenta "metáfora insólita, a entrega ao fluxo de consciência, a ruptura com o enredo factual". Sua escrita apresenta, muitas das vezes, um monólogo interior com captação dos momentos de iluminação interior, a que se chama epifania.

Veremos a seguir um trecho de A *paixão segundo G. H.* (1964), que muitos críticos dizem ser a sua obra-prima. Essa obra traz uma linguagem autodilacerada e conflitiva, que demonstra os problemas da forma da narrativa, criando um labirinto ambíguo. Note que a escrita se preocupa em atingir e questionar o mais abissal do ser.

> Mas é que também não sei que forma dar ao que me aconteceu. E sem dar uma forma, nada me existe. E – e se a realidade é mesmo que nada existiu?! Quem sabe nada me aconteceu? Só posso compreender o que me aconteceu, mas só acontece o que eu compreendo – que sei do resto? O resto não existiu. Quem sabe nada existiu! Quem sabe me aconteceu apenas uma lenta e grande dissolução? E que minha luta contra essa desintegração está sendo esta: a de tentar agora dar-lhe uma forma? Uma forma contorna o caos, uma forma dá construção à substância amorfa – a visão de uma carne infinita é a visão dos loucos, mas se eu cortar a carne em pedaços e distribuí-los pelos dias e pelas fomes – então ela não será mais a perdição e a loucura: será de novo a vida humanizada (Lispector, 1999, p. 12).

7.2 Vozes marginais: representatividade e resistência na literatura brasileira atual

Caro estudante, abordaremos aqui o chamado concretismo. Na década de 1950, na Europa, emerge a expressão poética concreta. Conforme apontado por Faraco e Moura (1990), estamos diante de uma estética "que, por meio de sua linguagem, desafia as rotinas do destinatário". Os autores sustentam que a base para o concretismo foram as novas exigências comunicativas decorrentes do surgimento dos meios de comunicação em larga escala, que se desenvolve na metade do século XX. Isso ocorre porque, ao explorar esse gênero poético, a figura assume um papel crucial na geração de significados.

(Campos, 1965, *online*).

O enfoque central do concretismo no Brasil direcionou-se às transformações na abordagem da criação poética. Para os artistas, a poesia transcendia a mera combinação de palavras e sons, incorporando também elementos visuais. Esse conjunto de características recebeu a denominação de *verbivocovisual*. Para os adeptos, "verbi" referia-se ao verbo, ou seja, à palavra. Por sua vez, "voco" representava o som, a experiência auditiva da poesia. Por fim, o termo "visual" destacava-se como a característica preponderante desse movimento.

VOZES CONTEMPORÂNEAS

__âmago do ômega__

no

    â   mago do ô   mega
               um olho
               um ouro
               um osso

sob

    essa   pe(vide de vácuo) nsil
    pétala p a r p a d e a n d o cilios
          pálpebra
    amêndoa   do vazio pecíolo: a coisa
     da coisa
     da coisa

            um duro
         tão oco
         um osso
         tão centro

                                um corpo
                     cristalino   a corpo
                     fechado em seu alvor

                  ero
               Z   ao
               ênit

                  nitescendo ex-nihilo

(Campos, 1992, *online*).

7.3 Explorando fronteiras: transculturalidade e híbridas formas literárias no Brasil

Conforme se passam os anos, a forma de escrever se modifica. A leitura também. Caro estudante, você já deve ter percebido que muitos autores se voltaram para o público infanto-juvenil no início do século XX em diante. No entanto, com as novas tendências e os avanços das tecnologias da informação, surgem plataformas que abraçam diversos autores anônimos que escrevem obras que milhões consomem.

No início deste capítulo, falamos sobre as plataformas mais conhecidas. Existem muitas outras mais que absorvem esses autores, que muitos críticos literários podem dar as costas. Mas pense conosco, caro pesquisador do campo da literatura: em momentos históricos da literatura, na mudança de uma escola literária para outra, os nossos mais importantes autores não foram alvo dessas críticas?

Como a arte imita a realidade, a literatura transmite, através das palavras, anseios sociais da época. Num mundo dentro do século XXI, com a globalização e as mudanças acontecendo em frações de segundos, muitos textos são produzidos e acompanhar a evolução se torna cada vez mais trabalhosa. O panorama literário brasileiro é um vasto terreno de experimentações que transcende fronteiras culturais, revelando-se como um caldeirão dinâmico de influências e expressões. Ao longo da história, escritores têm desafiado as barreiras convencionais, mesclando elementos de diferentes culturas para criar formas literárias híbridas e instigar uma narrativa única e multifacetada.

A transculturalidade na literatura brasileira manifesta-se de diversas maneiras, desde a incorporação de vocabulários estrangeiros até a reelaboração de mitos e tradições de diferentes partes do mundo. Nesse sentido, autores têm se aventurado por territórios narrativos antes inexplorados, ampliando a riqueza e a diversidade do cenário literário nacional.

As híbridas formas literárias que emergem desse contexto desafiam categorizações tradicionais. A fusão de elementos culturais distintos não apenas enriquece as narrativas, mas também reflete a complexidade da identidade brasileira, que é intrinsecamente interligada a uma rede global de influências. Essas obras, muitas vezes, atuam como pontes entre culturas, oferecendo aos leitores uma experiência literária que transcende fronteiras geográficas e temporais.

7.3.1 A literatura digital: novas tecnologias e narrativas interativas

Caro estudante, qual leitor assíduo nunca teve o desejo de conversar com seu autor favorito sobre alguma obra que ele escreveu? Ao se falar de novas tecnologias para a literatura, isso se tornou possível, inclusive interagindo em obras fazendo comentários sobre cenas ou discussões de personagens. Inclusive, muitos interagem com seus leitores, criando debates sobre temas diversos: da própria obra ou sociais que o fizeram decidir por levar as personagens a atuarem de determinada forma e não de outra.

As novas tecnologias aproximaram o leitor do escritor, transformando as relações e mesclando as expectativas dos leitores ao resultado final da obra, em muitos casos. Essas interações são frequentes em aplicativos. Observemos uma interação na obra do autor Wallace Oliveira em sua obra do aplicativo Wattpad® A *fórmula do inominável*:

Figura 7.1 - Captura de tela de aplicativo de leitura

O jazz ganhava cada vez mais relevância no mundo, com nomes de artistas negros como Duke Ellington e Louis Armstrong sendo reconhecidos e louvados em diversas partes do globo, suas músicas alcançando os ouvidos das populações através do rádio, e, de acordo com alguns, em breve pelas imagens em movimento que apareciam nesses novos aparatos tecnológicos chamados televisores.

(Oliveira, 2022, *online*)

Figura 7.2 - Captura de tela de aplicativo de leitura

O jazz ganhava cada vez mais relevância no mundo, com nomes de artistas negros como Duke Ellington e Louis Armstrong sendo reconhecidos e louvados em diversas partes do globo, suas músicas alcançando os ouvidos das populações através do rádio, e, de acordo com alguns, em breve pelas imagens em movimento que apareciam nesses novos aparatos tecnológicos chamados televisores.

O jazz ganhava vez mais relevância no mundo, com nomes de artistas negros como Duke Elligton e Louis Amstrong sendo reconhecidos e louvados em diversas partes do globo, suas músicas alcançando os ouvidos das

Escreva um comentário...

Jazz é mui bom!
Há 7 a **Responder**

Concodo eu amo ouvir Jazz
H3 3 mes **Responder**

(Oliveira, 2022, *online*)

Observe a Figura 7.2 retirada *online* da obra de Oliveira (2022) citada na *Figura 7.1*. No canto inferior indica duas interações que são as que se seguem na parte inferior e abaixo transcrevemos para melhor visualização:

Comentário 1: – Jazz é mui bom!
Comentário 2: – Concordo eu amo ouvir Jazz(sic).

Essas interações fazem parte do cotidiano de jovens leitores que estão espalhados por diversas plataformas similares. São lugares que muitos autores buscam para serem reconhecidos e compartilhar de sua criação com o público diverso. Em questão de qualidade, podemos discutir, na maioria dos casos: falta de revisão – ortográfica e de sintaxe e/ou de enredo, pouca ou nenhuma verossimilhança, entre outros.

A verossimilhança não está relacionada com a realidade. Tome cuidado com esse termo, caro aluno. *Grosso modo*, muitos super-heróis dos quadrinhos não estão de acordo com a realidade, mas apresentam verossimilhança – termo usado para explicar plausivelmente, dentro do universo literário, sequências de ações que expliquem o motivo de algo ocorrer ou ser. Um exemplo disso está em diversas obras em que popularmente chamam de *mpreg* (*male pregnancy*) – quando homens conseguem engravidar. Abordaremos esse assunto com mais ênfase no próximo subtítulo.

Em suma, caro estudante, o que devemos ter claro é que a literatura digital representa uma revolução no universo literário, incorporando novas tecnologias e possibilitando narrativas interativas que desafiam as fronteiras tradicionais do texto impresso. Nesse contexto, os escritores exploram plataformas digitais para criar experiências imersivas, nas quais o leitor não é mais um mero espectador, mas um participante ativo na construção da história. A interatividade oferecida pela literatura digital rompe com a linearidade convencional, permitindo que os leitores escolham caminhos narrativos, influenciem desfechos e mergulhem em universos literários multifacetados. Furtado (2018) salienta que:

> As contribuições advindas a partir deste estudo convergem para a adoção do termo literatura-serviço, que faz correspondência com as plataformas sociais de streaming de livros. O termo é entendido como as inovações nas formas de acesso à literatura, dando destaque ao ato de experimentar, ter vivência única e particular com o texto, com destaque para as práticas e interações que o constituem. As plataformas sociais de literatura-serviço acentuam as características de onipresença e mobilidade da literatura na web e incorporam a perspectiva do consumo hedônico e de experiência. (Furtado, 2018, p. 606).

As novas tecnologias são peças centrais nessa transformação, proporcionando possibilidades como realidade virtual, inteligência artificial e *hiperlinks*, que enriquecem a experiência de leitura. Por meio da realidade virtual, os leitores podem ser transportados para cenários imaginários, vivenciando as narrativas de maneira mais intensa e sensorial. A inteligência artificial, por sua vez, permite a criação de personagens dinâmicos e respostas adaptativas, moldando a trama de acordo com as escolhas dos leitores. Os *hiperlinks*, elemento característico da internet, possibilitam a construção de narrativas não lineares, conectando diferentes partes da história e proporcionando uma abordagem não linear à leitura.

7.3.2 Desconstruindo limites: gênero, sexualidade e identidade na literatura brasileira contemporânea

Na literatura brasileira contemporânea, observamos que ocorre uma desconstrução de limites relacionados a gênero, sexualidade e identidade em que autores desafiam as normas tradicionais, explorando narrativas que transcendem as fronteiras preestabelecidas pela sociedade. Em obras recentes, há a representação mais diversificada de personagens que fogem dos estereótipos convencionais, abordando a complexidade das experiências humanas além das categorias binárias de gênero e orientação sexual.

A desconstrução desses limites na literatura contemporânea brasileira não apenas reflete, mas também contribui para a evolução dos debates sobre identidade e inclusão. Autores têm se dedicado a explorar as nuances e diversidades presentes nas experiências humanas, desafiando preconceitos e promovendo uma representação mais autêntica e plural da sociedade brasileira. Essa abordagem literária oferece uma narrativa mais rica e complexa, além de servir como um catalisador para a compreensão e aceitação das diversas identidades que compõem a realidade.

7.3.2.1 R. B. Mutty

R. B. Mutty é uma escritora gaúcha que tem diversas obras publicadas, mais conhecida por ser autora de romances híbridos que abarcam histórias de sereias e tritões. Com vários livros, incluindo contos e *spin-offs*, sua série de tritões é uma das mais populares histórias *mpreg* do Brasil, com milhares *e-books* vendidos da Amazon e outras leituras chegando à casa do milhão no Wattpad®. Sua obra mais conhecida é *O amante do tritão*, que originou várias outras obras que criam o cenário em uma linha temporal verossímil.

> Eu agachei na piscina interna e lavei meu rosto. Segundo o bilhete que encontrei na cama, Dylan precisava fazer compras no continente, então eu precisaria esperá-lo.
>
> Aproveitei o tempo livre para observar sua casa, se é que podia chamar assim. Não havia equipamentos elétricos

naquele lugar úmido, mas havia muitos baús, alguns deles com moedas de cobre e taças. (...)

Essa obra é uma coleção de outras séries que podem ser lidas separadamente, sem grandes interferências na compreensão; porém, o conjunto se totaliza explicando cada cena de um livro anterior ou posterior. Por isso, dizemos que a autora trabalha a anáfora e a catáfora semântica de forma a criar um espaço que torna sua história explicável, tornando-a verossímil. Esse tema foi bem trabalhado, pois Mutty explica como surgiram os tritões e sereias, a organização social deles, o *mpreg* presente na obra.

Fãs de sua obra fizeram campanhas para que a autora conseguisse terminar sua obra sobre tritões e sereias, visto que lhe tomava tempo. É possível ainda encontrar vestígios na rede que demonstram essas ações como em sites de *crowdfunding* – colaboração popular.

7.3.2.2 Tiago Castro

Outro autor que ficou bastante conhecido nesse universo foi Tiago Castro, não há muitas informações sobre este autor, mas as suas obras são mais realistas, sem o que se chama *universo ABO* – Alfa, Beta e Ômega ou *mpreg*. Suas obras *Austero, Doce neve, Inesquecível semestre, Iluminar*, entre outras, costumam abordar temas do cotidiano em tramas bem construídas. O autor começou publicando seus textos como pequenos contos no Wattpad®, mas decidiu desenvolvê-los em novelas que foram publicadas tanto na Amazon® digitalmente como em editoras físicas. Observe um trecho de *Inesquecível semestre*:

Não sei como fui parar naquela turma. Não sei de verdade. Todos pareciam tão desligados. O professor falava como se conversasse consigo mesmo, e ninguém sequer tentava ouvir. Se a matéria parecia enfadonha só de olhar, agora eu enxergava como o próprio demônio. Teria que estudar sozinho para reforçar.

Era o segundo dia de volta às aulas e eu já me sentia desnorteado. Faculdade estava passando longe de ser tão legal quanto os filmes me fizeram pensar. A única coisa que animou um pouquinho aquele tédio foi a chegada de alguém inesperado que não deu as caras no primeiro dia. O que, por sinal, era o que eu devia ter feito também.

– Aí, professor! – A porta foi aberta, escondendo quem ficou atrás dela. – Posso entrar? A moto encrencou no caminho.

O professor, graduado com mil formações, parou de ler em voz quase inaudível, olhou para aquele que lhe pedia permissão, e foi indiferente à pergunta por alguns segundos. (Castro, 2021, *online*)

Observe como o autor se utiliza das palavras para descrever o ambiente e o que está acontecendo sem ser redundante ou enfadonho. Cria a ideia de um cenário convincente de um jovem universitário comum, sem tentar torná-lo dotado de alguma característica marcante. O enredo da leitura cria emaranhados que poderiam ser de qualquer pessoa comum do cotidiano.

Como Mutty e Castro, há muitos outros autores que poderíamos citar aqui; entretanto, como dito no início do capítulo, há uma vasta lista de autores com a propagação dessas tecnologias e, a cada dia, na atualidade, surgem novos autores. Apenas algumas décadas mais à frente poderemos citá-los com mais propriedade e estudá-los no cenário social posterior.

LITERATURA BRASILEIRA

7.4 Questões sociais urgentes: engajamento e consciência na literatura brasileira atual

A literatura brasileira contemporânea emerge como um poderoso meio de reflexão e crítica sobre as questões sociais urgentes que permeiam a sociedade. Os escritores contemporâneos têm se dedicado a explorar temas como desigualdade, injustiça social, discriminação e outros desafios que afetam diretamente a vida das pessoas. O engajamento desses autores vai além da simples narrativa, buscando despertar a consciência do leitor para as complexidades e nuances dessas questões, muitas vezes negligenciadas no cenário cotidiano.

Em obras recentes, é possível observar uma diversidade de abordagens adotadas pelos escritores brasileiros para tratar das questões sociais prementes. Alguns optam por narrativas realistas, mergulhando nas experiências de personagens marginalizados e explorando as ramificações sociais de suas histórias. Outros, por sua vez, escolhem o caminho da sátira e da ironia para expor as contradições da sociedade contemporânea, desafiando o leitor a refletir sobre suas próprias atitudes e preconceitos.

O engajamento na literatura brasileira atual não se limita apenas aos temas explorados, mas também à forma como as histórias são contadas. A experimentação narrativa e estilística é uma constante, refletindo a urgência de se romper com paradigmas estabelecidos e propor novas perspectivas. A literatura contemporânea brasileira se torna, assim, um campo fértil para o diálogo e a construção de uma consciência coletiva mais crítica e informada.

Além disso, observa-se uma crescente inclusão de vozes marginalizadas na literatura brasileira contemporânea. Autores pertencentes a minorias étnicas, LGBTQIAPN+ e outras comunidades historicamente silenciadas encontram espaço para expressar suas vivências e desafiar narrativas hegemônicas.

Isso contribui não apenas para a representatividade, mas também para a construção de uma consciência mais inclusiva e compassiva na sociedade.

7.5 Guia de aprendizagem

1) Entre os acontecimentos literários notados na produção literária dos anos 2000, é notável a emergência de uma expressão literária concebida por e para setores minoritários, como mulheres, negros e comunidades sexuais minoritárias. Tendo esse panorama como ponto de partida, aborde como esses grupos enxergam a literatura na atualidade.

2) (PUC-RS) INSTRUÇÃO: Para responder à questão, leia o excerto do romance *Viva o povo brasileiro*, de João Ubaldo Ribeiro.

– O senhor sabe quem foi Dadinha, meu avô?

– Então não sei? Não foi nada, não foi coisa nenhuma, foi uma velha gorda, corró, mentirosa, safadosa...

– Não foi minha bisavó? Mãe de Turíbio Cafubá?

– Mãe de... Quem é que está te contando essas coisas? Isso é negócio daquele velho broco Zé Pinto, eu vou pegar um cacete e tacar umas porretadas na cabeça dele, para ele deixar de ser abelhudo e enxerido, quem é que tá te contando essas coisas?

– Por que o senhor não me conta também? O nome de minha mãe, o nome verdadeiro, era Naê? Quem foi o caboco Capiroba?

– Caboco capiroba? E nunca teve nenhuns cabocos Capirobas, menina, nunca teve nada disso, isso é tudo lenda! Mas será possível que eu te mando para a escola com pensionato, te boto com a melhor professora, [...] e tu agora resolve crescer com rabo de cavalo, desaprender, se prepara pra ser uma nega preta veia, em vez de gente?

Com base no texto e na obra de João Ubaldo Ribeiro, analise as afirmativas.

I. A neta tem alguma consciência de suas raízes e procura conhecer sua genealogia.

II. O avô recusa-se a falar dos antepassados da neta, pois considera o assunto vergonhoso.

III. No seu romance Sargento Getúlio, João Ubaldo Ribeiro propõe um longo monólogo de um Sargento da Polícia Militar, aproximando-se esteticamente de uma variante caboclo-sertaneja, também presente em Guimarães Rosa.

Está/Estão correta(s) a(s) afirmativa(s):

a) I, apenas.

b) II, apenas.

c) I e II, apenas.

d) II e III, apenas.

e) I, II, III.

7.6 Guia de leitura

Mutty, R. B. *O amante do tritão*, 2017. Disponível em: https://ler.amazon.com.br/?asin=B06X-WCVZRD&ref_=dbs_t_r_kcr. Acesso em: 3 nov. 2023.

O amante do tritão, de R. B. Mutty, conta a história de Gabe, que se mudou e detestava o novo lugar. Todos praticavam surfe ou gerenciavam estabelecimentos relacionados ao surfe, e, antes da mudança, Gabe sequer havia se familiarizado com o oceano. Contudo, ele necessitava esforçar-se para formar amizades; não desejava causar mais preocupação a seu irmão, especialmente após ter sido excluído de casa.

Castro, T. *Austero*, 2021. Disponível em: https://www.amazon.com.br/AUSTERO-Tiago-Castro-ebook/dp/B07HYFGR8F/ref=cm_cr_srp_d_product_top?ie=UTF8 Acesso em: 3 nov. 2023.

Do autor Tiago Castro, *Austero* é uma obra que conta a narrativa de Daniel, um jovem de boa família que, ao se mudar para a capital do país para estudar e à procura da sua independência, conhece Conrado em meio a uma confusão em seu trabalho.

CONCLUSÃO

Estudar literatura é muito gratificante, assim como foi escrever este livro para ajudar você a compreender um pouco mais sobre a nossa literatura, que é muito vasta. Por causa dessa vastidão, jamais foi nossa intenção colocar aqui um fim, mas dar início a esta jornada.

Esta conclusão tem o objetivo de servir de estímulo para que os iniciantes nos estudos literários brasileiros se aprofundem em cada um dos tópicos que sugerimos. Neste livro, para este fim, fizemos um sobrevoo desde as origens da literatura de informação, passando pelos textos citando a dualidade do efêmero-eterno do barroco, a simplicidade árcade, pelas expressões de sentimentos e individualismo romântico, pela representação da realidade sobre a ótica do realismo, pela influência determinista e científica do naturalismo, pela exploração do mundo interior do simbolismo, e pelas correntes modernas e pós-modernas.

Esperamos que este pontapé sirva como estudos iniciais, e não como finais de uma jornada fascinante. Que a exploração das diversas facetas de nossa literatura continue a instigar a curiosidade e a paixão pelos ricos universos que a compõem. Cada tópico apresentado é apenas uma introdução a vastos e intrincados universos literários, e a verdadeira beleza está na jornada constante de descobrimento e interpretação. A literatura é um espelho da sociedade, refletindo suas complexidades, transformações e a diversidade humana. Ao explorar os diferentes períodos e correntes literárias, vocês não apenas ampliarão seu conhecimento, mas também desenvolverão uma apreciação mais profunda pela capacidade da literatura em capturar a essência da experiência humana.

GABARITO
GUIA DE APRENDIZAGEM

CAPÍTULO 1 – ORIGENS E FORMAÇÃO

1. A
2. B

CAPÍTULO 2 – BARROCO: A ESTÉTICA DA CONTRADIÇÃO E O LIRISMO DAS SOMBRAS

1. O objetivo principal é provocar a necessidade e o interesse dos fiéis sobre o conteúdo que será abordado no sermão.
2. O soneto de Gregório de Matos apresenta temática expressa por preocupação com a identidade brasileira.

CAPÍTULO 3 – ARCADISMO: NATUREZA IDEALIZADA E A BUSCA PELA SIMPLICIDADE POÉTICA

1. O arcadismo brasileiro, também conhecido como neoclassicismo, é marcado pela busca da simplicidade e racionalidade, valorizando a natureza e a vida no campo. Os poetas árcades idealizavam uma sociedade utópica e se inspiravam na Antiguidade greco-romana. Em contraste, o barroco, estilo anterior, era caracterizado pela expressão dramática das emoções, dualidade do mundo e uso

de recursos rebuscados, como a antítese e a hipérbole. Enquanto o arcadismo representa uma reação à complexidade barroca, privilegiando a serenidade e a harmonia, ambos os estilos refletem épocas e visões de mundo distintas.

2. O arcadismo brasileiro floresceu no século XVIII, durante o período colonial do Brasil. Nesse contexto, a sociedade vivia sob a influência das ideias iluministas, que enfatizavam a razão, a natureza e a busca pela harmonia social. Os poetas árcades buscavam, através de suas obras, retratar uma imagem idealizada do país, com ênfase na vida simples no campo e na exaltação à natureza. Além disso, o movimento refletia o desejo de construir uma identidade cultural própria, distanciando-se das influências culturais europeias, mas ainda assim se inspirando nos modelos clássicos da Antiguidade greco-romana.

3. A figura da "pastora Marília" desempenha um papel crucial na poesia árcade brasileira, personificando o ideal feminino da época. Ela representa a mulher idealizada, inocente e virtuosa, conectada à natureza e à simplicidade. Por meio desse arquétipo, os poetas árcades expressavam seus sentimentos amorosos e exaltavam a beleza e a pureza da mulher brasileira. Marília simboliza a harmonia entre a natureza e o sentimento, refletindo o equilíbrio valorizado no arcadismo e a busca por um amor idealizado e sereno, em contraste com as paixões e dramaticidade características do estilo barroco.

4. Na literatura árcade brasileira, os temas pastoris frequentemente abordados são a vida campestre, a exaltação da natureza e o amor idealizado. Esses temas refletem os ideais neoclássicos e iluministas, que buscavam uma volta à simplicidade e ao equilíbrio, inspirados pela Antiguidade greco-romana. Por meio da poesia pastoril,

os escritores árcades expressavam a valorização da vida bucólica e da razão, em contraste com o exagero emocional do barroco.

5. Cláudio Manuel da Costa e Tomás Antônio Gonzaga foram dois importantes poetas do arcadismo brasileiro, cujas obras refletem características distintas dentro desse movimento literário. Cláudio Manuel da Costa, um dos precursores do arcadismo no Brasil, demonstra em sua poesia uma linguagem mais culta e formal, influenciada pelo classicismo greco-latino. Seu poema *Vila Rica*, uma das obras mais significativas do período, exalta a beleza natural da região e faz referências à mitologia clássica. Cláudio Manuel tinha um estilo mais sóbrio e menos sentimental, com uma abordagem mais racional.

Já Tomás Antônio Gonzaga, também conhecido como Dirceu, representa a segunda geração do arcadismo brasileiro. Sua poesia é mais intimista e emocional, com forte influência dos ideais sentimentais do rococó. Gonzaga é conhecido por sua obra *Marília de Dirceu*, uma coletânea de liras líricas que exaltam o amor e a natureza. Sua linguagem é mais simples e próxima da oralidade, com um tom mais emotivo e apaixonado.

Enquanto Cláudio Manuel da Costa se inspirava no neoclassicismo, valorizando a razão e a harmonia, Gonzaga se aproximava do sentimentalismo e do lirismo característico do rococó. Ambos os poetas, no entanto, compartilhavam o interesse pela temática pastoral e pela exaltação da natureza. Suas obras contribuíram para a consolidação do arcadismo brasileiro como um movimento literário que buscava um equilíbrio entre a razão e a emoção, refletindo os ideais iluministas e neoclássicos do século XVIII.

6. A visão do "bom selvagem" é representada nas obras árcades brasileiras por meio da idealização do indígena e do caboclo como figuras simples, virtuosas e em harmonia com a natureza. Os poetas

árcades retratam esses personagens como seres puros e inocentes, em contraste com a sociedade europeia corrompida. Essa representação está relacionada com o contexto colonial, pois reflete o interesse em construir uma identidade nacional e distanciar-se das influências culturais europeias. Além disso, essa idealização dos indígenas e caboclos também se alinha com os ideais iluministas, que valorizavam a simplicidade, a razão e a busca pela verdade na natureza.

CAPÍTULO 4 – ROMANTISMO: EMOÇÃO, IMAGINAÇÃO E A REVOLUÇÃO DA EXPRESSÃO ARTÍSTICA

1. C
2. A
3. B
4. C

CAPÍTULO 5 – DA REALIDADE À ESSÊNCIA: TRAJETÓRIA DO REALISMO AO SIMBOLISMO NA LITERATURA

1. A
2. B
3. Constitui-se de sinestesia. A sinestesia é uma figura de linguagem que se enquadra nas denominadas figuras de palavras e estabelece uma relação entre os diferentes planos sensoriais (tato, audição, olfato, paladar e visão). No trecho, há um exemplo disso no último verso: "Oh sonora audição colorida do aroma!" que relaciona a audição (sonora audição) com a visão (colorida) e o olfato (aroma). Outro exemplo é no trecho do primeiro verso "a luz tem cheiro" onde a visão se mistura com o olfato.

CAPÍTULO 6 – PRÉ-MODERNISMO AO MODERNISMO: TRANSIÇÃO, CONFLITO E VANGUARDA NA LITERATURA BRASILEIRA

1. Os atributos primordiais presentes nas criações de Guimarães Rosa incluem: a transfiguração do regionalismo (podendo ser interpretada como uma forma de super-regionalismo, dada sua abrangência universal); a imaginação; a exploração filosófica; a expressão lírica e, acima de tudo, a inovação linguística.

2. Os traços mais marcantes presentes nas criações de Clarice Lispector compreendem: a exploração minuciosa do âmago de suas personagens; a aplicação de métodos narrativos, como o monólogo interior e o fluxo de consciência, e a dualidade temática: a existencialista e a feminista.

3. Entre as diversas particularidades da produção literária nos anos 1970, destacam-se alguns aspectos essenciais: o engajamento com a realidade social; a presença da literatura verdade (uma combinação entre romance e jornalismo); a presença da literatura do eu, de índole pessoal.

CAPÍTULO 7 – VOZES CONTEMPORÂNEAS: TENDÊNCIAS E REFLEXÕES NA LITERATURA ATUAL

1. Os traços mais notáveis da produção literária a partir dos anos 2000 incluem: a utilização da *internet* para a divulgação de obras, a prevalência de (auto)biografias, a diversidade formal e a mescla de estilos, a contestação do domínio por meio da recuperação de obras de minorias étnicas, sexuais e sociais.

2. E

REFERÊNCIAS – TEXTUAIS

ABDALA JR, B.; CAMPEDELLI, S. Y. **Tempos da literatura brasileira.** São Paulo: Ática, 1986.

ACADEMIA BRASILEIRA DE LETRAS. Academia, 2023. Disponível em: https://www.academia.org.br/academicos/olavo-bilac/biografia. Acesso em: 16 out. 2023.

ALENCAR, J. **O guarani.** *In*: MINISTÉRIO DA CULTURA. BNDigital [*online*]. Brasília: [s.d.]. Disponível em: http://www.educacional.com.br/classicos/obras/O_guarani.pdf. Acesso em: 19 ago. 2023.

ALMEIDA, J. A. de. **A bagaceira.** 15. ed. Rio de Janeiro: José Olympio, 1978.

AMADO, J. **Cacau.** Rio de Janeiro: Record, 2000.

ANDRADE, C. D. de, 1902-1987. **Alguma poesia/Carlos Drummond de Andrade**; posfácio Eucanaã Ferraz — 1. ed. — São Paulo: Companhia das Letras, 2013.

ANDRADE, M. de. **Macunaíma: o herói sem nenhum caráter.** Rio de Janeiro: Nova Fronteira, 2013.

ANDRADE, O. **Poesias reunidas.** São Paulo: Difusão Europeia do Livro, 1966. p.154.

ANDRADE, O. de. O manifesto antropófago. *In*: TELES, G. M. **Vanguarda europeia e modernismo brasileiro: apresentação e crítica dos principais manifestos vanguardistas**. 3. ed. Petrópolis: Vozes; Brasília: INL, 1976.

ARANHA, G. **Canaã**. Brasília: UnB, 2014.

AZEVEDO, A. **O Cortiço**. *In*: MINISTÉRIO DA CULTURA. BNDigital [*online*]. Brasília: [s. d.]. Disponível em: http://objdigital.bn.br/Acervo_Digital/Livros_eletronicos/cortico.pdf. Acesso em: 16 set. 2023.

AZEVEDO, Á. de. Lira dos vinte anos. São Paulo: Martins Fontes, 1996. (Coleção Poetas do Brasil).

BARRETO, L. **O triste fim de Policarpo Quaresma**. *In*: MINISTÉRIO DA CULTURA. Domínio Público. Brasília: Ministério da Cultura, [s. d.]. Disponível em: http://www.dominiopublico.gov.br/ download/texto/ bn000013.pdf. Acesso em: 11 ago. 2023.

BOSI, A. **História concisa da literatura brasileira**. São Paulo: Cultrix, 2006.

BOSI, A. **História concisa da literatura brasileira**. São Paulo: Cultrix, 2007.

CAMINHA, A. **Bom-crioulo**. Fortaleza: Armazém da Cultura, 2017.

CAMINHA, P. V. de. **A carta de Pero Vaz de Caminha**. *In*: MINISTÉRIO DA CULTURA. BNDigital [*online*]. Brasília: [s. d.]. Disponível em: http://objdigital.bn.br/Acervo_Digital/livros_eletronicos/ carta.pdf. Acesso em: 10 jun. 2023.

CAMPEDELLI, S. Y.; SOUZA, J. B. **Literaturas brasileira e portuguesa:** teoria e texto. São Paulo: Saraiva, 2003.

CAMPOS, A. de. **Luxo**. Augusto de Campos, 2023. Disponível em: https://www.augustodecampos.com.br/poemas.html. Acesso em: 12 out. 2023.

CAMPOS, H. de. O âmago do omega. *In*: **Os melhores poemas de Haroldo de Campos**. Seleção de Inês Oseki-Dépré. São Paulo: Global, 1992.

CANDIDO, A. **Iniciação à literatura brasileira**. São Paulo: Humanitas, 1999.

CANDIDO, A. **Formação da literatura brasileira**. 1. ed. Belo Horizonte: Editora Itatiaia, 1993.

CANDIDO, A. **Formação da literatura brasileira:** momentos decisivos. Belo Horizonte: Editora Itatiaia, 2000.

CASTRO, T. **Austero.** 2021. Disponível em: https://www.amazon.com. br/AUSTERO-Tiago-Castro-ebook/dp/B07HYFGR8F/ref=cm_cr_srp_d_ product_top?ie=UTF8 Acesso em: 3 nov. 2023.

CASTRO, T. **Inesquecível semestre**. 2021. Disponível em: https://ler. amazon.com.br/?asin=B093XWWPB4&ref_=kwl_kr_iv_rec_21. Acesso em: 3 nov. 2023.

COELHO, N. N. **Dicionário de escritoras brasileiras**. São Paulo: Escrituras, 2002.

COUTINHO, A. **Introdução à literatura no Brasil.** Rio de Janeiro: Bertrand Brasil, 2001.

CUNHA, E. da. **Os sertões.** *In:* MINISTÉRIO DA CULTURA. Domínio Público. Brasília: Ministério da Cultura, [s. d.]. Disponível em: http://www.dominiopublico.gov.br/download/texto/bv000091.pdf. Acesso em: 11 ago. 2023.

CRUZ E SOUSA, J. da. Últimos **sonetos.** Rio de Janeiro: UFSC; Fundação Casa de Rui Barbosa, 1984.

DALCASTAGNÈ, R. **Literatura brasileira contemporânea:** um território contestado. São Paulo: Horizonte, 2012.

DAMASCENO, D. (org.). **Melhores poemas:** Gregório de Matos. São Paulo: Globo, 2006.

DE ABREU, C. **As primaveras e outros poemas:** Casimiro de Abreu. Porto Alegre: Isto Edições, 2022.

DE ABREU, C. **Poemas.** [s.d.] *online.* Disponível em: https://www.academia.org.br/academicos/casimiro-de-abreu/textos-escolhidos. Acesso em: 6 ago. 2023.

DE ALENCAR, J. **O guarani.** Rio de Janeiro: Ática, 2010.

DE MATOS, G. **Carregado de mim.** [s.d] *online.* Disponível em: https://www.elsonfroes.com.br/sonetario/matos.htm. Acesso em: 30 jul. 2023.

DE MAGALHÃES, D. J. G. **Suspiros poéticos e saudades.** [s.d.] *online.* *In:* https://objdigital.bn.br/Acervo_Digital/Livros_eletronicos/suspiros_poeticos.pdf. Acesso em: 5 ago. 2023.

DE GUIMARAENS, A. **Poesias.** Organização Simões, 1955.

DOS ANJOS, A. **Augusto dos Anjos.** Abril Educação, 1982.

DURÃO, S. R. **Caramuru.** *In*: MINISTÉRIO DA CULTURA. BNDigital [*online*]. Brasília: [s. d.]. Disponível em: http://objdigital.bn.br/Acervo_Digital/livros_eletronicos/caramuru.pdf. Acesso em: 25 jul. 2023.

FARACO, C. E.; MOURA, F. M. de. **Literatura brasileira.** 4. ed. São Paulo: Ática, 1990.

FURTADO, C. **O livro na web e a oferta da literatura-serviço. História da escola:** métodos, disciplinas, currículos e espaços de leitura. São Luís: EDUFMA, p. 605-628, 2018.

GUIMARÃES, Bernardo. **A escrava Isaura.** FTD Educação, 2015.

GOMES, W. Apontamentos sobre o conceito de esfera pública política. Maia, R.; Castro, MCPS (org.). **Mídia, esfera pública e identidades coletivas.** Belo Horizonte: Editora UFMG, 2006.

HELLER, B.; BRITO, L. P. L. de; LAJOLO, M. P. Álvares de Azevedo. São Paulo: Abril Educação, 1982.

LISPECTOR, C. **A paixão segundo G. H.** Rio de Janeiro: Rocco, 1999.

LOBATO, M. **Urupês.** Porto Alegre: Globo, 2007.

MEGALE, R. **Paulista acolhe a poesia concreta de Haroldo de Campos,** 2018. Disponível em: https://veja.abril.com.br/coluna/meus-livros/paulista-acolhe-a-poesia-concreta-de-haroldo-de-campos. Acesso em: 13 out. 2023.

MEIRELES, C. Motivo. *In*: GOLDSTEIN, S. N.; BARBOSA, R. C. **Cecília Meireles:** seleção de textos, notas, estudo biográfico, histórico e crítico e exercícios. São Paulo: Abril Cultural, 1982.

MOIOLI, J. **Você sabe onde fica o quinto dos infernos?** Aventuras na História, 2019. Disponível em: https://aventurasnahistoria.uol.com.br/noticias/reportagem/origem-expressao-quinto-dos-infernos.phtml. Acesso em: 25 jun. 2023.

MOISÉS, M. **A literatura brasileira através dos textos**. Editora Cultrix, 2001.

MOISÉS, M. **Literatura brasileira.** v. 1. Das origens ao romantismo. São Paulo: Cultrix, 2001.

MOISÉS, M. **A literatura brasileira através dos textos**. São Paulo: Cultrix, 2010.

MUTTY, R. B. **O amante do tritão**, 2017. Disponível em: https://ler.amazon.com.br/?asin=B06XWCVZRD&ref_=dbs_t_r_kcr. Acesso em: 3 nov. 2023.

OLIVEIRA, N. L. S. de. **Gênero e literatura:** uma análise da sexualidade e educação feminina na obra "a carne", de Júlio Ribeiro. 2016. Trabalho de Conclusão de Curso. Universidade Federal do Rio Grande do Norte.

PROENÇA FILHO, D. **A poesia dos inconfidentes**. Rio de Janeiro: Nova Aguilar, 2002.

QUEIROZ, R. **O Quinze**. Rio de Janeiro: José Olympio, 1973.

RAMOS, G. **Vidas secas**. 45. ed. [S. l.]: [s. d.]. Disponível em: https://dynamicon.com.br/wp-content/uploads/2017/02/Vidas-secas-de-Graciliano-Ramos.pdf. Acesso em: 11 out. 2023.

REGO. José Lins do. **Fogo morto**. Rio de Janeiro: José Olympio, 2010.

ROSA, G. Discurso de posse ABL, 1967. Disponível em: http:// www. academia.org.br/academicos/joao-guimaraes-rosa/discurso-de-posse. Acesso em: 30 jul. 2023.

ROSA, G. **Grande sertão:** veredas. São Paulo: Nova Aguilar, 1994.

ROSA, G. **Noites do sertão.** Rio de Janeiro: Nova Fronteira, 1984.

RUCKSTADTER, Flávio Massami Martins; DE TOLEDO, Cézar de Alencar Arnaut. Análise da construção histórica da figura "heroica" do Padre José de Anchieta. Cadernos de História da Educação, v. 5, 2006.

SALLES, Fritz Teixeira de. **Poesia e protesto em Gregório de Matos.** Minas Gerais: Interlivros, 1975. 202 p.

SHELLEY, M. **Frankenstein.** Porto Alegre: L&PM, 1997.

SÓ LITERATURA. **Arcadismo** – Literatura Brasileira. Disponível em: https://www.soliteratura.com.br/arcadismo/arcadismo05.php. Acesso em: 25 jul. 2023.

SOUSA, I. **O missionário.** Rio de Janeiro: Ática, 2018.

TAUNAY, V. de. **Inocência.** *In*: MINISTÉRIO DA CULTURA. BNDigital [*online*]. Brasília: [s. d.]. Disponível em: http://objdigital.bn.br/ Acervo_Digital/livros_eletronicos/inocencia.pdf. Acesso em: 20 ago. 2023.

TELES, G. M. A descontínua unidade. *In*: LIMA, J. **Os melhores poemas de Jorge de Lima.** São Paulo: Global, 1994.

VERÍSSIMO, E. **Breve história da literatura brasileira.** Tradução de Maria da Glória Bordini. São Paulo: Globo, 1997.

WISNIK, J. M. (org.). **Poemas escolhidos (Gregório de Matos).** São Paulo: Cultrix, 1976.

REFERÊNCIAS – FIGURAS

Figura 1.1:
SOUSA, R. **O processo de dominação do espaço colonial pode ser discutido de outras maneiras.** Disponível em: Brasil Escola: https://educador.brasilescola.uol.com.br/estrategias-ensino/os-portugueses-dominacao-territorio-brasileiro.htm#:~:text=O%20processo%20de%20domina%C3%A7%C3%A3o%20do,com%20rela%C3%A7%C3%A3o%20a%20determinados%20temas. Acesso em: 15 jul. 2023.

Figura 2.1:
CARAVAGGIO. **Davi com a cabeça de Golias.** 1609-1610. *In*: Pascholati, A. Disponível em: https://artrianon.com/2020/07/07/obra-de-arte-da-semana-o-autorretrato-de-caravaggio-em-davi-com-a-cabeca-de-golias/. Acesso em: 17 jul. 2023.

Figura 2.2:
CRANACH, L. **Martinho Lutero.** 1529. *In*: Bezerra J. Toda Matéria. Acesso em: 17 jul. 2023.

Figura 2.3:
ANÔNIMO. **Guerra Civil Inglesa.** *In*: History Maps. Disponível em: https://history-maps.com/pt/story/English-Civil-War. Acesso em: 17 jul. 2023.

Figura 2.4:
TINTORETTO. **A** última **ceia,** 1592-94, óleo sobre tela, 365 x 568 cm. Igreja S. Giorgio Maggiore, Veneza – Itália. Disponível em: http://www.casthalia.com.br/a_mansao/obras/tintoretto_ceia.htm. Acesso em: 18 jul. 2023.

REFERÊNCIAS – FIGURAS

Figura 3.1:
POUSSIN, N. The shepherds of Arcadia (1638-1640). Fonte: WikiCommons ([2019], online) Acesso em: 2 ago. 2023.

Figura 3.2:
LANCRET, N. **O balanço**. *In*: CRUZ, P. **Efêmeros**. (2014, *online*) Disponível em: http://www.revistacliche.com.br/2014/05/efemeros/. Acesso em: 21 jul. 2023.

Figura 4.1:
DE ALENCAR, J. **O guarani**. Rio de Janeiro: Ática, 2010.

Figura 5.1:
SHELLEY, M. **Frankenstein**. Porto Alegre: L&PM, 1997.

Figura 5.2:
BAKER, William Bliss. Fallen monarchs. 1886. Fonte: Wikipedia ([2015], online). Disponível em: https://pt.wikipedia.org/wiki/Ficheiro:Fallen_Monarchs_1886_by_William_Bliss_Baker.jpg. Acesso em: 5 set. 2023.

Figura 6.1:
ANÔNIMO. **Soldados em trincheira em 1916 Primeira Guerra Mundial**. Disponível em: https://www.cartacapital.com.br/educacao/licoes-da-primeira-guerra-mundial/. Acesso em: 31 mar. 2025.

Figura 6.2:
PICASSO, P. Les demoiselles d'Avignon. 1907. Fonte: Google (2023, online).

Figuras 7.1 e 7.2:
OLIVEIRA, W. **A fórmula do inominável**, 2022. Disponível em: https://www.wattpad.com/story/267414874-a-f%C3%B3rmula-do-inomin%C3%A1vel-vencedor-wattys-2022. Acesso em: 15 out. 2023.

REFERÊNCIAS – FILMES

- A ESCRAVA Isaura. Direção: Eurides Ramos. Brasil: Companhia Cinematográfica Vera Cruz, 1949.
- CARAMURU, a invenção do Brasil. Direção: Guel Arraes. País: Brasil: Columbia TriStar Filmes do Brasil, 2001.
- COMO ERA GOSTOSO o meu francês. Direção: Nelson Pereira dos Santos. Brasil: Embrafilme, 1971.
- DONA FLOR e seus dois maridos. Direção: Bruno Barreto. Brasil: Difilm Distribuidora de Filmes S.A, 1976.
- O ALEIJADINHO: paixão, glória e suplício. Direção: Geraldo Santos Pereira. Brasil: Embrafilme, 1978.
- O CORTIÇO. Direção: Francisco Ramalho Jr. Brasil: Cinemateca Brasileira, 1978.
- O GUARANI. Direção: Norma Bengell. Brasil: Riofilme, 1996.
- O PAGADOR de promessas. Direção: Anselmo Duarte. Brasil: MGM, 1962.